A little cloud

一片流云

乔伊斯短篇小说集

詹姆斯·乔伊斯◎著

央金◎译

时代出版传媒股份有限公司
北京时代华文书局

THE ESSENTIAL JOYCE
COLLECTION

一片流云

乔伊斯短篇小说集

央金◎译

时代出版传媒股份有限公司
北京时代华文书局

图书在版编目（CIP）数据

一片流云：乔伊斯短篇小说集／（爱尔兰）乔伊斯著；央金译．
—北京：北京时代华文书局，2014.9
ISBN 978-7-80769-846-3

Ⅰ.①—… Ⅱ.①乔…②央… Ⅲ.①短篇小说–小说集–爱尔兰–现代
Ⅳ.①I562.45

中国版本图书馆 CIP 数据核字（2014）第 209686 号

一片流云：乔伊斯短篇小说集

著　　者｜乔伊斯（爱尔兰）
译　　者｜央　金
出 版 人｜田海明　朱智润
选题策划｜黎　雨
责任编辑｜胡俊生　王雪君
装帧设计｜张子航
责任印制｜刘　银
出版发行｜时代出版传媒股份有限公司 http://www.press-mart.com
　　　　　北京时代华文书局 http://www.bjsdsj.com.cn
　　　　　北京市东城区安定门外大街 136 号皇城国际大厦 A 座 8 楼
　　　　　邮　编：100101　　电话：010-64267120　64267397
印　　刷｜河北信德印刷有限公司
开　　本｜880mm×1230mm　1/32
印　　张｜9.25
字　　数｜170 千字
版　　次｜2015 年 1 月第 1 版　　2024 年 5 月第 2 次印刷
书　　号｜ISBN 978-7-80769-846-3
定　　价｜46.00 元

序

毛姆在《书与你》中曾提到："养成阅读的习惯，使人受益无穷。很少有体育运动项目能适合盛年不再的你，让你不断从中获得满足，而游戏往往又需要我们找寻同伴共同完成，阅读则没有诸如此类的不便。书随时随地可以拿起来读，有要紧事必须立即处理时，又能随时放下，以后再接着读。如今的和乐时代，公共图书馆给予我们的娱乐就是阅读，何况普及本价钱又这么便宜，买一本来读没有什么难的。再者，养成阅读的习惯，就等于为自己筑起一个避难所，生命中任何灾难降临的时候，往书本里一钻，不失为一个好办法。"

古人也说："开卷有益。"但面对浩如烟海的图书，如何选取有益的读本来启迪心智，这就需要有一定的鉴别能力。

对此，叔本华在《论读书》里说：

"……对善于读书的人来说，决不滥读是很重要的。即使是时下享有盛名、大受欢迎的书，如一年内就数版的政治宗教小册子、小说、诗歌等，也切勿贸然拿来就读。要知道，为愚民而写作的人反而常会大受欢迎，不如把宝贵的时间用来专心阅读古今中外出类拔萃的名著，这些书才真正使人开卷有益。

"坏书是灵魂的毒药，读得越少越好，而好书则是多多益善。因为一般人通常只读最新的出版物，而不读各个时代最杰出的作品，所以作家也就拘囿在流行思潮的小范围中，时代也就在自己的泥泞中越陷越深了。"

正如叔本华所言，"不读坏书"，因为人生短促，时间和精力都是有限的。

出版好书，让大家有好书读。基于这样一个目的和愿景，便有了这样一套"国内外大家经典作品丛书"，希望这些"古今中外出类拔萃的名著"，能令大家"开卷有益"。

编　者

目　录

一片流云

几年前，在诺思华尔，他曾为朋友加拉赫送行，并祝他一路顺风。事实上，加拉赫也确实是一帆风顺。他脸上的那种走过许多地方、见过世面的神态，他穿着的那件剪裁得体的花呢西服，还有他那无所畏惧的口气，都充分说明他获得了成功。像他那样有才干的人实在太少了，像他那样在成功后仍能保持本色的人就更少了。心地淳朴的加拉赫获得成功，这是理所当然的，因为他确实应该成功。所以他觉得有加拉赫这样一个朋友，真值得庆幸。

吃过午饭后，小钱德勒的脑子里想的都是他将要与加拉赫见面的事情，加拉赫那么诚挚地邀请了他，当然，还有加拉赫居住的大城市伦敦。他之所以被人们称作"小钱德勒"，是因为他看起来很小巧，其实他的身材只比一般人稍微小一些，不过那种小巧并不过分。因此他看起来就像一个精致的小人儿，他的骨架瘦小，他的手白皙小巧，说话轻声细语，举止也十分文雅。他对自己那漂亮的柔软光滑的头发和胡子十分在意，他还喜欢用洒过香水的手帕。他的指甲修剪得很整齐，就像半月形那样完美；当他微笑的时候，还会露出他那一口雪白的牙齿，它们细小整齐，就像幼儿的牙齿那样可爱。综上种种，他便得了"小钱德勒"的名字。

就职于王室法学会的他，坐在自己的办公桌旁边，不禁心里感叹：这八年来发生的变化太大了。他认识的这位朋友当年穷得连件像样的衣服都没有，如今却成了伦敦报界响当当的人物。想到这些，他就对手头那些文书工作感到厌烦，因此他不时地抬起头，注视着办公室窗外的情形。

时值晚秋，落日的余晖照耀着草坪和小路，在衣着随意的护士和长凳上昏昏欲睡的老人的身上，洒下了一层柔和的金粉。光影在所有移动的人们身上跳跃——在那些沿着石子路奔跑尖叫的孩子身上跳跃，在那些穿过花园的行人身上跳跃。他望着这景象，想到了人生（正如每当他想到人生时都会出现的那种模样），他情不自禁地感伤起来。一种淡淡的哀伤开始笼罩着他，他感到与命运抗争实在是毫无用处，这是岁月留给他的智慧的烦恼。

他想起家里书架上的那些诗集。那些诗集是他没结婚时买的。在许多夜晚，他坐在家里那小小的门厅里，都有一种想从书架上抽出一本诗集，为他的妻子念上几首诗的冲动。可最后，内心的羞怯还是阻止了他，因此那些书就只能一直待在书架上。有时候他会独自默默在心里念上几句诗，这样，可以给他带来一点安慰。

等到下班时间一到，他便站起身来，离开他的办公桌，和他的同事们打招呼告别。很快，在王室法学会那座带有封建色彩的拱门下，出现了他的身影。衣着整洁、态度谦和的他，正迈开步子，快速地沿着亨利埃塔大街走去。

落日渐渐淡去，天气也转凉了。一群脏兮兮的孩子霸占了街道，他们有的站在马路上，有的在马路上快速奔跑，有的在敞着门的门前台阶上爬来爬去，还有的像耗子似的蹲在门槛上。小钱德勒没有去注意这些孩子，他灵巧地找着路，穿过那群如虫蚁般聚集的生命，在荒凉诡异的大宅邸的阴影中前行，在这些大宅邸里，旧时的都柏林贵族们曾在里面寻欢作乐。这些过去的回忆并没有触动他，因为他的脑子被眼前的欢乐填得满满的。

他从来没去过考莱斯酒店，但他知道这家酒店有多高档。他知道人们在看完戏后，喜欢去那里品尝牡蛎，喝点儿烈性甜酒，他还听说那里的服务员都会讲法文和德文。在很多夜晚，他匆匆路过那里时，曾看见一些浓妆艳抹的女人从停在门口的出租车上下来，在男士的殷勤陪伴下走进酒店。她们穿着鲜艳闪亮的衣服，戴着各式各样的首饰。她们化着精致的妆容，脚刚一着地便提起曳地的长裙，那姿势就像受了惊吓的阿塔兰达公主。每次路过那里时，他经常连看都不敢看一眼。他总是急匆匆地走路，即便在白天也是如此；每当他发现自己深夜还在城里，更是又怕又兴奋，脚步也变得更加匆匆。不过，有时他的恐惧纯属自作自受。因为，他总是选那些最黑暗、最狭窄的街道，大着胆子往前走，脚步声衬托着周围的静寂，吓得他畏畏缩缩。游动的、不声不响的人影更是惹得他心惊肉跳，甚至一阵低沉远去的笑声都会吓得他浑身哆嗦，就像一片随风摇曳的树叶似的。

向右一转，他进入了凯普尔大街。

伊格纳提厄斯·加拉赫在伦敦报界引起了轰动！八年前谁能预料到会这样呢？不过，现在回想起以前的事来，小钱德勒仍能记起许多预示了他朋友未来的辉煌的迹象。人们总是说伊格纳提厄斯·加拉赫是匹野马，确实，他那时喜欢和一群浪荡子鬼混，饮酒无度，还欠了一屁股债。最后，他卷入了一些不光彩的事件，好像是金钱上的什么交易——至少这是关于他逃跑的一种说法。但是，他的才干从来没有人否认过。在加拉赫身上，总是有一种……令你难以忘记的东西。即便在他穷困潦倒、一筹莫展之时，他也表现得无所畏惧。小钱德勒记得（这记忆使他脸上微微泛起一抹自豪的红晕）加拉赫身陷困境时常说的一句话："还有一半时间呢，朋友们，"他总是一脸轻松地说道，"我总会想出办法来的！"

这就是伊格纳提厄斯·加拉赫，可说句混账的话你绝不能不佩服他。

这时，小钱德勒走得更快了。他生平第一次感到自己比那些经过他身边的人优越。他也第一次觉得凯普尔大街沉闷庸俗得让人反感。他清楚地意识到：要想成功，你就得离开这儿，否则在都柏林你只能一事无成。

经过格兰顿桥时，他低下头，目光顺着河水流向低处的码头，满含怜悯地看着那些简陋矮小的棚屋。在他眼里，它们就像一群流浪汉，拥挤在河的两岸，破旧的外衣上沾满灰尘和煤屑，在落日的映照下显得死气沉沉。此时，那些小棚屋正等待着夜晚的第一股寒气叫它们站起来，迫使它们浑身颤抖地离去。他不知道他能否把这些想法写成一首诗，或许加拉赫还能帮他在伦敦的某家报纸上发表这首诗。他能写出新颖的东西吗？他说不清他心里想要表达的是什么，但诗兴一上来，写诗的念头就像初生的希望那样活跃起来。他感到自己浑身充满勇气，并大步大步地向前迈去。

每一步都让他更靠近伦敦，更远离他自己那毫无艺术情调的生活。在他心灵的地平线上，一缕跳跃着的光芒开始颤动。他还不算老——才三十二岁。他的性格可以说刚刚成熟起来。他的心中有那么多不同的情绪和感受，他希望在诗中表达它们。他感到它们就藏在自己的心灵深处，他努力衡量着自己的灵魂，想看看它是不是一个诗人的灵魂。

他认为，他性格的主调是忧郁，但这是信念、屈从和单纯快乐的循环出现所形成的一种忧郁。如果他能出一部诗集来表达出这种忧郁，或许也会受到人们的喜爱。他清楚地知道，自己做不了伟大的诗人，也不可能影响大批的人，但却可能引起一部分与他思想相近的人的共鸣。也许英国批评家会将他看作一个凯尔特派诗人，因为他的诗中满是忧郁的笔调，他还会运用不少的引喻。他甚至开始幻想他的诗集会得到什么样的评论："钱德勒先生的诗总是轻快优雅。""诗里总流露出一种幽思的哀伤。""凯尔特派的情调。"……只可惜，他的名字不能更像爱尔兰人的名字。当然，也许可以在姓的前面加上他母亲的名字：托马斯·梅隆·钱德勒；或者写成 T. 梅隆·钱德勒。关于这一点，他觉得需要和加拉赫商量商量。

这种幻想让他陷入了沉迷，以致他走过了他要去的街道都不自知，等到发现时他不得不折回来。当他走近考莱斯酒店时，先前的那种不安又回来了，他停在酒店门前，犹豫不决。最终，他推开酒店的大门，走了进去。

一进门，酒吧里的灯光和喧闹就刺激得他头晕目眩，因此他不得不在门厅里停了一会儿。他四处张望，可许多红红绿绿的酒杯闪来闪去，看得他眼花缭乱。他觉得酒吧里挤满了人，这些人都正在好奇地看着自己。他快速地往左看看，又往右看看（他的眉头略微皱起，脸上的表情很是庄重），当他稍微适应酒吧的环境，把里面的情况看得清楚一些时，却发现根本没人转过头来看他；而在吧台那边，伊格纳提厄斯·加拉赫正背靠着吧台，叉开两条腿站着，不错，就是他。

"嗨，汤米，我的老朋友，你可算是来了！你想来点什么？我在喝威士忌。这可比我们在国外喝的那些好多了。加不加苏打水？锂盐矿泉水？不要矿泉水？我也不喜欢掺东西，掺了味道就变得不纯正了……嗨，伙计，拿两份半杯的麦芽威士忌来，要纯的……哦，自从我们上次见过之后，你过得怎么样？天哪，我们都变老啦！你看我是不是也老了不少——你看我这脑袋上的头发越来越少了，白头发也越来越多了，是吧？"

伊格纳提厄斯·加拉赫说着摘掉帽子，露出一个油光发亮的大脑袋，那上面真的快要光秃秃的了。他的脸看上去有些浮肿，面色也很苍白，脸上的胡须被刮得干干净净。在他那种苍白的脸色的映衬下，他那双蓝灰色的眼睛和脖子上那条鲜艳的橙色领带，就变得十分醒目了。他的嘴唇没有一丝血色，更加重了他五官上那种不协调的感觉。他低下头，用两根手指怜惜地摸着头顶上的那几根可怜兮兮的头发。小钱德勒摇摇头，表示不认同他的话。伊格纳提厄斯·加拉赫便又把帽子扣回了他的大脑袋上。

"办报这行真是会把人累垮的。"伊格纳提厄斯·加拉赫说，"每天都要东奔西跑地找新闻素材，而且新闻素材里还一定得有点儿新的东西，倒霉的时候连一点儿新闻素材也找不到。等到新闻找到了，该死的是我们还得干几天校对和印刷的活儿。告诉你吧，这次回老家来我真是太高兴了。能给自己放几天假，真是大有益处，一回到这亲切而肮脏的都柏林，我的感觉就好多了。来，汤米，这杯是你的。要水吗？要什么你就说啊。"

小钱德勒让服务员给他的威士忌加了水，那样酒的味道会淡一些。

"朋友，你真不懂喝酒。"伊格纳提厄斯·加拉赫说，"你应该像我一样喝纯酒，不掺一滴水才好呢。"

"我很少喝酒，"小钱德勒一脸谦虚地说，"只有在遇到老朋友时我才喝一点儿，不过最多也就半杯。"

"哦，是这样啊，"伊格纳提厄斯·加拉赫高兴地说，"那好，为了我们，为了我们过去的时光，为了我们的友谊，干杯。"

两人碰了碰杯，举杯共饮。

"今天我碰到了几个老伙计，"伊格纳提厄斯·加拉赫说，"奥哈拉好像过得不太顺心，他在做什么?"

"什么也没做，"小钱德勒说，"他堕落了。"

"霍根好像混得不错，是吗?"

"嗯，他进了土地委员会。"

"我在伦敦时，有一天晚上碰见他，他好像是发了一笔大财……可怜的奥哈拉! 我想，他是喝酒太多了的缘故吧?"

"不只是因为这个。"小钱德勒简短地说。

伊格纳提厄斯·加拉赫笑了笑。

"汤米，"他说，"我发现你一点儿也没变，你还是和以前一样严肃。还记得吗? 以前每到星期六晚上我就会狂饮一番，搞得我星期天上午总是头痛得要命，舌头也腻乎乎的难受，那时，你就会板着脸，狠狠地训诫我一番。我记得那时你的梦想是漫游世界。可看你现在的样子，你可能连一次旅行也没有吧?"

"我去过曼岛。"小钱德勒说。

伊格纳提厄斯·加拉赫又呵呵笑了起来。

"曼岛!"他说,"要去就去伦敦或巴黎。最好能去一次巴黎,那会让你大大地长一番见识。"

"你去过巴黎?"

"可以这么说吧,我去过!我在那儿待过几天。"

"巴黎真像人们说的那么漂亮吗?"小钱德勒问。

小钱德勒说完,抿了一口酒,而伊格纳提厄斯·加拉赫却豪放地将杯中的酒一饮而尽。

"漂亮?"伊格纳提厄斯·加拉赫说,他一边琢磨着这个词,一边回味着酒的醇香。"算不上特别漂亮,你懂的。当然,它还是很漂亮的……不过,最美妙的是巴黎的生活,那真是妙不可言。说到娱乐、运动和刺激,巴黎可以说是做得最出色的了。"

小钱德勒一点点抿完了他那杯威士忌,费了好大一番周折才叫过来服务员,让他照着之前的那样再给他来一杯加水的威士忌。

"我去过红磨坊(巴黎的红灯区),"伊格纳提厄斯·

加拉赫在服务员拿开空酒杯时说，"我去过那里所有的波希米亚咖啡馆。说实在的，那里真是火辣极了！不过像汤米你这样的正人君子，可能不太适合去那儿。"

小钱德勒没有说话，直到服务员端来他们新点的两杯酒，他才举起杯子，轻轻碰了碰加拉赫的杯子，算是作为朋友回敬先前的祝酒。

此刻，他对这次会面的美好幻想已经开始破灭了，因为他发现加拉赫变得十分俗气了，他的声调和自我表现的方式也让他感到不快。不过他又想，或许加拉赫之所以变得俗气，是因为他生活在伦敦，是报界的繁忙和竞争迫使他变了。不过，在这种新的华而不实的风度之下，依稀还能看到他那种旧日的个人魅力。毕竟，加拉赫见过世面，有丰富的生活阅历了。想到这些，小钱德勒对他的朋友还是心存羡慕。

"在巴黎做什么都让人愉快。"伊格纳提厄斯·加拉赫继续说，"巴黎人喜欢享受生活——你能认为是他们错了吗？如果你要想真正享受人生，那么你最好的选择就是去巴黎。你记住，老伙计，他们对爱尔兰人非常热情。他们一听说我是从爱尔兰来的，热情得几乎要把我吞了。"

小钱德勒接连抿了四五口酒。

"照你看，"小钱德勒说，"巴黎是不是像他们说的那样……放荡荒唐？"

伊格纳提厄斯·加拉赫用右臂做了个泛泛的表示。"每个地方都有放荡荒唐，"他说，"当然，在巴黎确实有一些特别刺激的东西。例如，你去参加一个学生舞会。当交际花们开始放荡时，那个模样可真够刺激的。我想你应该知道我说的是什么。"

"我听说过一些。"小钱德勒说。

伊格纳提厄斯·加拉赫再次把他杯中的威士忌一饮而尽，然后摇了摇他的大脑袋。

"啊，"他说，"不管怎么说。巴黎的女人都是最时髦最有风度的。"

"看来它真是一个放荡荒唐的城市了？"小钱德勒说，他略显胆怯地坚持自己的看法，"我的意思是说，和伦敦或都柏林相比，它更放荡荒唐一些吗？"

"伦敦！其实都一样，不信你问问霍根，"伊格纳提厄斯·加拉赫说，"他到伦敦时我曾带他逛过一些地方。我想他会让你开开眼的……我说，汤米，别再喝这种冲兑的甜酒了，来点地道的威士忌吧。"

"不，真的不用……"

"哦，来吧，再来一杯对你不会有什么伤害。要什么？我想还是刚才喝的那种吧？"

"那……好吧。"

"弗朗索瓦，同样的再来一杯……抽烟吗，汤米？"

伊格纳提厄斯·加拉赫说着从衣兜里掏出了一盒雪茄，从中取了一支递给了他的朋友。两个人就默默地抽着雪茄，直到服务员端来他们的威士忌。

"我可以同你说一下我的看法，"伊格纳提厄斯·加拉赫说着，喷出一大口烟雾，烟雾缭绕着散开，过了一会儿才显出他那张胖脸来，"这个世道什么稀奇古怪的事都有。就说说道德败坏！我听到过一些真实的例子——我说什么来着？——我应该说知道一些，一些……道德败坏的真实事件……"

伊格纳提厄斯·加拉赫在短暂的沉思后，用一个平静的历史学家的语调，绘声绘色地描绘起国外流行的一些放荡荒唐的情形来。他讲述了许多首都的罪恶，听上去他似乎认为都柏林是最罪恶的城市。当然，有些事他是听朋友说的，所以不能保证它们完全属实，但其他许多事情都是他的亲身经历。无论对方地位高，还是地位低，他都毫不留情地批判他们。他还揭露了欧洲大陆修道院里的许多秘密，描绘了上层社会流行的一些习惯，最后还详细讲述了一个英国女公爵的故事——一个他认为很真实的故事。这些消息让小钱德勒感到十分震惊。

"啊，不过，"伊格纳提厄斯·加拉赫说，"都柏林一向因循守旧，那样的事压根不会发生。"

"你去过很多地方，"小钱德勒说，"肯定会觉得都柏林太过沉闷乏味吧！"

"不一定，"伊格纳提厄斯·加拉赫说，"这里是休息的好地方，你懂的。毕竟，就像人们常说的，这里是我们的根，对吧？你很自然地会对它有一种依恋。这是人之常情。……好了，还是谈谈你吧。我听霍根说，你已经……尝到幸福婚姻的滋味了。你是两年前结的婚吧？"

伊格纳提厄斯·加拉赫最后的提问，让小钱德勒白皙的脸上泛起一抹红晕，他羞怯地笑了笑。

"是的，"他说，"不过我是去年五月结的婚，还不到两年。"

"那我可要恭喜你了，希望这恭喜还不算太晚。我的朋友，请你接受我晚到的祝福。"伊格纳提厄斯·加拉赫说，"我不知道你的地址，要不然我当时就会祝贺你的。"

伊格纳提厄斯·加拉赫说完伸出手，小钱德勒一把握住。

"好啦，汤米，"伊格纳提厄斯·加拉赫说，"老朋友，我祝福你和你的家人，生活愉快，祝你财源滚滚，只要我不杀你你永远都不会死。这是一个老朋友真诚的祝福。你知道吧?"

"我知道。"小钱德勒说。

"有孩子吗?"伊格纳提厄斯·加拉赫问。

小钱德勒的脸再次泛起了红晕。

"有一个孩子。"他说。

"男孩还是女孩?"

"小男孩。"

伊格纳提厄斯·加拉赫伸出手，使劲在他朋友的背上拍了一下。"你行啊，汤米。"他说，"我一点儿也不怀疑你的本事。"

小钱德勒笑笑，目光迷茫地望着酒杯，两颗雪白的孩子似的门牙咬住下唇。

"在你回伦敦之前，"小钱德勒说，"我想请你在某个晚上去我家里聚一聚。我妻子会很高兴见到你的。我们可以听听音乐，并且——"

"首先，我非常感谢你的邀请，老朋友，"伊格纳提厄斯·加拉赫说，"只可惜我们没有早一点儿见面，因为我明天晚上就得走了。"

"也许今天晚上……"

"真抱歉，老朋友。你看，我今天晚上约了另一个朋友，他是个年轻聪明的小伙子。我们要一起去参加一个牌局。只是为了……"

"哦，如果是这样……"

"可是，谁知道呢？"伊格纳提厄斯·加拉赫无奈地说，"既然今年我回来了，明年说不定我还会回来。我们的聚会不过是推迟了一些时间而已。"

"好吧，"小钱德勒说，"下次你回来，我们一定要找个晚上好好聚聚。现在就算说定了，怎么样？"

"好，一言为定。"伊格纳提厄斯·加拉赫说，"如果我明年来，一定去你家里好好聚聚。"

"为了这最后的决定，"小钱德勒说，"我们现在再来一杯。"

这时，伊格纳提厄斯·加拉赫掏出一块挺大的金表，看了看时间。

"老伙计，这可能是咱俩今晚的最后一杯了。"他说，"你知道，我待会儿还有个约会。"

"那当然，肯定是最后一杯。"小钱德勒说。

"很好，"伊格纳提厄斯·加拉赫说，"让我们再喝一杯，作为'告别酒'——我记得有句本地话就是这么说的吧。"

小钱德勒叫来服务员点了酒。他的脸已经变得通红。他总是这样，只要喝一点儿酒脸就会发红。现在他开始觉得浑身发热，精神也极度兴奋。三小杯威士忌已经让他昏昏然了，加拉赫的烈性雪茄更加重了他的这个症状，因为他一向是个纤弱而不动烟酒的人。但八年后与加拉赫的这次会面，他在考莱斯酒店这个灯光耀眼和喧闹无比的酒吧里与加拉赫举杯对饮，听加拉赫讲那些放荡荒唐的故事，暂时分享加拉赫那些流浪而多彩的生活，这些大胆的举止无疑已经击碎了他敏感天性的平衡。他强烈感觉到了他和朋友生活间的巨大反差，心里开始愤愤不平。要知道，加拉赫的出身和教育都不如他，而他也确信只要有机会，他能比朋友做得更好，决不至于只是做一个俗气的记者。

是什么阻碍了他成功呢？是他不幸生来就有的怯懦啊！他渴望能用什么方式为自己辩白，证明自己也是一个堂堂的男子汉。他当然看出了加拉赫拒绝他邀请背后的含义。只是出于过去的老交情，加拉赫才和他一起喝酒，就像他是因为某些访问才来爱尔兰的一样。

等服务员端来他们的酒。小钱德勒把一杯推向他的朋友，然后豪爽地端起另一杯。

"谁知道呢?"他端起酒杯大声地说，"也许明年你来的时候，我会有幸祝伊格纳提厄斯·加拉赫先生和夫人健康幸福。"

伊格纳提厄斯·加拉赫正饮着酒，听了这话，意味深长地在酒杯上边闭起一只眼睛。喝完酒后，他咂了咂嘴，放下杯子，语气坚定地说道："朋友，不必为这事担心。我要先尽情享受一番生活，游历游历世界，然后再套上婚姻的枷锁，当然，前提是如果我想套上那枷锁的话。"

"总有一天你会套上的。"小钱德勒不动声色地说。

伊格纳提厄斯·加拉赫转转他那橙色的领带，睁大蓝灰色的眼睛，盯着他的朋友。

"你真的这样认为吗？"伊格纳提厄斯·加拉赫问道。

"你会套上婚姻的枷锁的，"小钱德勒坚定地重复说，"和其他人一样，只要你找到那个合适的姑娘。"

小钱德勒稍微加强了一下语气，他已经意识到自己显得过分激动；不过，尽管他的脸已经通红，他仍然没有在他朋友直视的目光中退避半分。

伊格纳提厄斯·加拉赫看了小钱德勒一会儿，然后说：

"就算要结婚，你也应该了解，我绝对不会有什么花前月下的浪漫。我的意思是，我只会为了钱才结婚。她必须在银行有大笔的存款，否则我不会娶她。"

小钱德勒摇摇头。

"怎么，你不相信？"伊格纳提厄斯·加拉赫变得有些激动，"你压根就不明白是怎么回事。只要我说句话，明天我就可以又有女人又有钱。你不相信？对于这个问题，我可是清楚得很。数百个——我说什么来着——应该说有数千个有钱的德国人和犹太人，钱多得数不清，她们巴不得……你等着瞧吧，我的朋友，看看我能不能玩赢我的牌。告诉你吧，我要是想干什么事，就一定能干成。你就瞧好吧!"

伊格纳提厄斯·加拉赫说着，一下子把杯子举到嘴边，将杯中的酒一饮而尽，然后他哈哈大笑起来。笑过之后，他若有所思地看着前面，语气突然变得很平静，他说道：

"可我一点儿也不着急。她们可以等着。我可不喜欢自己被一个女人拴住了，你懂的。"

之后，他咂巴了几下嘴，似乎在品尝什么味道，还做了个鬼脸。"真是那样，就太没意思了。"他说。

　　小钱德勒在大厅外的房间里坐着，怀里抱着孩子。为了省钱，他们没雇保姆，只是叫安妮的妹妹莫尼卡来帮忙，她每天早上和晚上都来帮一个小时左右的忙。现在差一刻就九点了，因此莫尼卡早就回家了。小钱德勒回家时已经很晚了，不只错过了喝茶的时间，还忘了给安妮从贝莱商店里带包咖啡回来。为此她很生气，都不怎么搭理他。她嘴里说着不喝茶也不会死，可当街角那家商店关门的时间快要到了时，她还是决定自己出门去买四分之一磅茶叶和两磅糖。她利索地把熟睡的孩子搁进小钱德勒的怀里，说：

　　"抱好。别弄醒了。"

　　桌上摆放着一盏白瓷罩的小台灯，台灯下摆着一个牛角像框，灯光映照着镜框里的照片，照片中的人是安妮。小钱德勒望着照片，紧紧地盯着安妮那紧闭的薄嘴唇。照片中的她穿着一件浅蓝色的夏装上衣，那是他在一个星期六给她买的一件礼物。那件礼物花了他十镑十一个便士；但真正使他难受的还不是价钱，而是买衣服时那种紧张不安的情绪。

　　那天他真是吃尽了苦头，他先是在商店门口一直站着，等到商店里都没顾客了才敢进去，他竭尽所能地装出一副轻松的样子，站在柜台前看售货员给他一件件地介绍女式外衫，但在最后付款时还是出了点岔子——他忘了拿找回的零头，于是又被收款员叫了回去。最后他离开商店时，脸因为羞怯而变得通红，迫使他不得不低下头，紧紧地盯着手里包装好的衣物，装作是在看包装是否捆扎结实一般，其实是为了掩饰自己的羞涩。当他把外衣拿回家送给安妮时，安妮很高兴地亲吻了他，说那真是一件漂亮时髦的外衣，随后待她知道价钱后，就把外衣往桌子上一扔，说这么一件衣服居然要十个镑十一个便士，简直太坑人了。她本来想把衣服退掉，可她试穿后又很喜欢，尤其喜欢那做法别致的袖子，于是她又吻了他，说他这样想着她真是太好了。

哼！

他冷冷地盯着照片上的眼睛，那双眼睛也冷冷地盯着他。无疑，那双眼睛很漂亮，那张脸蛋也很漂亮。但他在那张脸上看到了一些让人不舒服的东西。为什么神情冷冰冰的就像个高傲的贵妇？眼睛的沉着冷静也让他恼火。它们好像在排斥他、蔑视他：那里面没有一丁点儿的激情，没有一丝一毫的欢愉。他想起加拉赫说起的那些富有的犹太女人。他想，那些东方面孔上的黑眼睛，应该是怎样地充满了激情，充满了性感迷人的渴望！……他怎么娶了照片上的这双眼睛呢？

　　这个不愉快的念头困扰着他，他心里一惊，不安地看了看房间四周。他发现那些漂亮的家具也变得不那么可爱了。这些家具是他用分期付款的方式买的，但这些都是安妮挑选的，因此这也被打上了她的印记。家具看起来也像安妮一样，庄严而漂亮。他突然对这一切感到厌恶。他难道不能从这里逃离吗？去像加拉赫那样豪放地生活，这样有点大胆地生活会不会太晚了？他可以去伦敦吗？家具的钱还没有还清。如果他能写一本书出版，或许生活就会打开新的局面。

　　在他面前的桌子上，放着一部拜伦的诗集。他小心地腾出左手，生怕把孩子吵醒，然后翻开它，开始读诗集的第一首诗：

　　　　风声逝去，夜幕下一片静寂，
　　　　树丛中也没有一丝微风穿过，
　　　　我归来凭吊我的玛格丽特之墓，
　　　　将鲜花撒向我所爱的泥土。

　　他停了下来。他感到诗的韵律围绕着他，在整个房间回荡。这诗多么哀伤啊！他是否也能写出这样哀伤的诗，来表达自己心灵的抑郁？他内心有好多东西想要表达，例如几个小时前，他站在格兰顿桥上的感受。如果他能重新回到那种情绪中……

这时孩子醒了，开始啼哭。他的眼睛离开书页，想要使他安静下来，但他还是哭个不停。于是他抱着孩子摇来摇去，可孩子却哭得越来越厉害。他不得不更快地摇晃，同时又读起第二个诗节：

> 在这狭小的墓穴里躺着她的躯体，
>
> 那躯体曾经……

一点用都没有。他读不下去了，什么事情也做不了。孩子的哭声刺疼了他的耳鼓。没办法，没办法！他已经被生活牢牢地禁锢住了。愤怒使得他双臂颤抖，他突然低下头，对着孩子大吼一声：

"闭嘴！"

孩子被吓住了，停止了哭泣，随后却哭得更大声了。他从椅子上跳起来，抱着孩子在屋子里急匆匆地走来走去。孩子开始可怜地抽噎，四五秒钟才喘过气来，然后又哇哇大哭。房间的薄墙回响着哭声。他想尽办法安抚他，可孩子哭得一阵比一阵厉害，哭得全身不停地抽搐。他看着孩子抽紧颤动的小脸，内心被恐惧填满了。他数着孩子抽噎了七声都没有喘气，吓得他把孩子搂进怀里。要是他死了……

门砰的一声打开了，一个年轻女人气喘吁吁地冲了进来。

"怎么啦？这是怎么啦？"她嚷道。

听见妈妈的声音，孩子突然爆发出更大的哭声。

"没什么，安妮……没什么……他刚才哭起来了……"

她丢下手里的东西扔到地上，一把从他怀里抢过孩子。

"你这是对他做什么啦？"她喊道，怒气冲冲地瞪着他。小钱德勒任她瞪着，当他看到她眼中闪现出仇恨的光芒时，他感到自己的心一下子收紧了。

他开始结结巴巴地说：

"我没怎么他啊……他……他哭起来……我怎么哄都不管用……我真的什么都没做……怎么啦？"

她不再搭理他，紧紧把孩子搂在怀里，在房间里走来走去，嘴里喃喃地说：

"我的乖宝贝！我的小宝贝儿！吓着你了吧，是不是？……好了好了，不哭了啊，宝贝儿！不哭了啊，不哭了……小羊儿咩咩！妈妈最乖的小羊儿！……不哭了啊!"

羞愧占据了小钱德勒的脑子，使得他满脸通红，他默默地站到灯光照不到的暗处，听着孩子的抽泣声渐渐小了，他流下了万分悔恨的泪水。

圣恩

　　当时在洗手间里，还有两个先生，他们试图扶起他来，可怎么也扶不起来。他从楼梯上滚了下去，蜷伏在楼梯脚。他们费了很大一番力气把他翻过来。他的帽子滚到了几码远的地方，脸朝下伏在地上，衣服上沾满了地板上的脏东西，两只眼睛紧紧地闭着，嘴大张着，喘着粗气。嘴角有一缕鲜血流下来。

　　这两位先生和一位服务员把他抬到楼上，把他安置在酒吧的地板上。不到两分钟，他身边就围了一圈人。酒吧的经理问有没有人知道他是谁，他是和谁一块儿来的。但没人知道他是谁，只有一个服务员说他记得这位先生，因为他为他上过一小杯朗姆酒。

"他是一个人吗?"经理问。

"不，经理。有两个先生和他一起。"

"他们去哪儿了?"

人群中没人回答。

这时，有一个声音说道："让他透透气吧，他晕过去了。"

于是那些看热闹的人向外散开，但片刻工夫马上又像有弹性似的围了起来。那人躺在镶嵌成棋盘似的地板上，脑袋附近有一滩已经凝固的黑血。他脸色白得吓人，酒店经理赶紧派人去叫警察。

这时有人解开了他的领扣，松开了他的领带。他睁开眼看了看，吐了一口气，又把眼睛闭上了。抬他上楼的一位先生手里拿着一顶弄脏了的旧丝帽。经理在酒店问了一圈，还是没人知道这个伤者是谁，也不知道他的朋友去哪儿了。没过多久，酒吧的门打开了，一个大个子警察走了进来。那些一路跟着他过来看热闹的人挤在门外，透过门上的玻璃朝里面张望。

经理立刻把他知道的情况讲给那位警察听。警察是个年轻人，看起来敦厚稳重。这时，他站在一旁听着，一会儿向左看看，一会儿向右看看，从经理身上一直看到躺在地上的人，仿佛怕自己错过什么。然后他脱下手套，从腰上的口袋中掏出一个小本子和笔，他用舌尖舔了舔铅笔尖，准备记录。他开口了，带有很明显的乡下口音，充满怀疑地问道：

"这个人是谁？有人知道他的名字和住址吗？"

一个身穿骑车服的青年从围观的人群中挤了进来。他立刻跪在伤者身边，叫人拿水来。警察也跪下身来帮忙。青年擦干净伤者嘴角上的血，然后又叫人拿点白兰地过来。警察口气严厉地重复了青年的这一要求，直到一个服务员端着一杯白兰地小跑过来。青年掰开伤者的嘴，把白兰地灌了进去。

不一会儿，伤者就睁开了眼睛，看上去似乎有些清醒了，他看了看四周。就在他看着四周的面孔时，好像明白了怎么回事，便挣扎着想要站起来。

"你现在好点儿了没?"穿骑车服的青年问。

"哈,没事儿。"伤者边说边试图站起身来。

有人扶起了他,那顶旧丝帽也回到了他的脑袋上。经理说他最好去医院看看,旁边的围观者也附和。

那警察问他:"你住哪儿?"

那伤者用手指捻着自己的胡子,没有答话。看上去,他似乎并不在意自己的伤。他含混不清地说道:"这不过是个小意外罢了。"

"你住哪儿?"警察再次问道。

伤者还是没有回答,只说得找人给他叫辆出租马车。正当他们争论事情该怎么处理时,一位穿着黄色长大衣的先生从酒吧的另一头走来,他身材颀长,步伐稳健,气度不凡。他一看到伤者就喊道:"嗨,汤姆,老伙计!有什么麻烦啦?"

"哈,没什么。"那人说。

新来的人看了看自己朋友那副惨兮兮的模样,然后转身对警察说:"没事了,警官。我来送他回家吧。"

警察抬起手碰了碰他的警帽，向对方行了个礼，答道："好吧，鲍尔先生。"

"来，汤姆，"鲍尔一边说，一边挽着他朋友的胳膊扶着他，"没伤着骨头吧？你现在能走吗？"

穿骑车服的青年则挽着他的另一条胳膊，两人一起扶着他穿过围观的人群，往门口走去。

"你怎么弄得这么狼狈？"鲍尔先生问。

"这位先生不小心从楼梯上摔了下来。"青年说。

"先生，非……非常……感谢……你。"被唤作汤姆的伤者口齿不清地对青年说。

"不用客气。"

"我们……要不要来一杯……"

"现在不行。现在不行。"

三个人离开了酒吧，围观的人也跟着走出门外，隐没在小巷之中。经理带领警察去到楼梯口，察看事故的现场。他们都认为，那位先生是自己没走稳才从楼梯上摔下来的。

顾客们又回去喝自己的酒，一个服务员蹲在地上擦洗那些血迹。

三人走到克莱夫顿大街，鲍尔先生冲一个待在车外的人吹了声口哨。受伤的人努力想要口齿清楚地说道："先生，非常……感激……你。我希望……我们……还会……再见面。我……叫……柯南。"受惊和逐渐明显的疼痛似乎让他稍微清醒了一些。

"我说过了，不用客气。"青年礼貌地回答道。

他们握了握手，以示告别。然后鲍尔先生扶着柯南先生上了汽车，当鲍尔先生告诉司机开车路线时，柯南先生再次对青年人说出感谢的话，他对自己不能请这个青年喝一杯而深表遗憾。

"下一次吧。"青年说。

汽车发动了，向威斯特摩兰大街驶去。路过鲍拉斯特办公大楼时，那里的大钟显示时间是九点半了。从河口吹来一阵寒冷的东风，扑打着他们。柯南先生冻得瑟瑟发抖，不由自主地缩成一团。他的朋友鲍尔先生询问他事故发生的原因。

"我说……不……说了，"他回答说，"我……的……舌头……疼。"

"我瞧瞧。"

鲍尔先生探过身来，朝柯南先生的嘴里张望，但什么也看不见。他划亮一根火柴，用手挡着风，柯南先生乖乖张大嘴，鲍尔先生再次朝他嘴里张望。车子颠簸着前行，火柴也跟着在张开的嘴上来回晃动。柯南先生的下牙和牙龈上都是凝固了的血块，舌头好像被咬掉了一小块。随后，一阵风吹来，火柴灭了。

"真是糟糕。"鲍尔先生说。

"哈，没什么。"柯南先生说着闭上了嘴，拉起脏兮兮外套的领子，围住脖子。

柯南先生是个老派的旅行推销员，对自己从事这个职业很是自豪。在这个城市里，他总是戴一顶相当体面的丝织礼帽，穿一双有绑腿的高统靴，出现在人们面前。他说，一个人要想体体面面的，就必须把这两样东西穿戴得体。他继承了伟大的布莱克怀特的传统——那可是他那一行的拿破仑——并时时通过传说和模仿唤起对他的回忆。但现代的商业方式使他的事业迅速没落，好在他还有一小间办公室，就在克柔街上，办公室的窗户上写着他的公司名称和地址——伦敦，中东区。在这间小办公室的壁炉上方，放着一排铅灰色的小茶叶罐，靠窗的桌子上放着四五个瓷碗，瓷碗里通常都盛着半碗黑色的液体。这些瓷碗是柯南先生品尝茶叶的工具。他总是喝一口茶水，含在嘴里，仔细感受一番，再吐进壁炉里。然后，他会对茶水的味道做出评价。

鲍尔先生比他年轻得多，在都柏林城堡中的皇家爱尔兰警察局工作。他的社会地位提高得很快，与此同时，他朋友的社会地位也衰落得很快。不过，一些在柯南先生的事业登峰造极时结识的朋友，仍然把他当作一个值得尊敬的人物，这多少减轻了他的衰落感。鲍尔先生就是这样的一个朋友。在他那个圈子里，他这些人情债都显得有些莫名其妙，因此同行们都笑话他：这个年轻人真是太殷勤了。

在格拉斯尼波路上的一座小房子前，汽车停了下来，鲍尔先生扶着柯南先生进了屋子。柯南先生的妻子接过他，扶着他上床休息去了，而鲍尔先生则坐在楼下的厨房里，询问孩子们上学和读书的情况。这些孩子——两个女孩一个男孩——知道父亲动弹不得，母亲又不在眼前，就开始跟鲍尔先生胡闹起来。看着孩子们的举止和口音，他有些吃惊，皱起了眉头，若有所思。过了一会儿，柯南太太进来了，嘴里大声嚷道：

"天啦，他怎么会搞成这个样子！唉，总有一天他会因为这个送了命。自从星期五以来，他就一直喝个没完。"

鲍尔先生小心翼翼地给她讲明事件的经过，好让她明白此事与自己无关，他不过是碰巧遇到罢了。柯南太太想起每当她和丈夫吵得不可开交时，鲍尔先生都会好心地帮忙调解，并且好几次在他们需要钱时借给他们一点儿，所以她说：

"哦，鲍尔先生，你不用向我解释。我知道你是他的朋友，和那些陪他鬼混的人不一样。只要他口袋里有钱，能撇下老婆孩子跟他们去鬼混，他们就跟他好。什么朋友啊！我倒想知道，今晚他是跟谁在一块儿？"

鲍尔先生摇了摇头，没有说话。

"真是抱歉，"她继续说，"家里没什么招待你的东西。如果你不急着走，我马上让人到拐角的佛加第店里去买些回来。"

鲍尔先生站了起来。

"我们在等他拿钱回来，可他好像忘了他还有个家。"

"哦，听我说，柯南太太。"鲍尔先生说，"我们会帮助他改过自新的。我去跟马丁谈谈。他肯定能想点办法。这几天我们会找个晚上过来，好好谈谈这事。"

她把他送到门口。司机正在人行道上来回跺脚，挥舞着胳膊取暖。

"你能送他回来，真是非常感谢。"她说。

"不必客气。"鲍尔先生说。

他上了汽车。车子开动时，他举起帽子向她致意。

"我们会塑造一个全新的他的。"他说，"再见，柯南太太。"

柯南太太盯着汽车渐渐远去，眼睛里充满疑惑。等汽车消失不见，她收回目光，走进屋里，掏空了她丈夫的口袋。

柯南太太是个精明务实的中年妇女。不久以前，在她的银婚纪念日，在鲍尔先生的伴奏下，她和丈夫还跳了一曲华尔兹，这让他俩的关系再次亲密起来。柯南先生当年追求她的时候，她认为他是个英俊潇洒的人：即便是在今天，只要听到有人举行婚礼的消息，她就会跑到教堂门口去，看着一对新人的俪影，脑海中浮现出她挽着一个阳光健康的男人从桑地蒙特的海星教堂走出来的情景。那男人真是潇洒漂亮，穿着一件长及膝盖的礼服大衣，搭配着一条淡紫色的裤子，一只手拿着一顶丝质礼帽，优雅地端放在另一只胳膊上。三星期以后，她开始讨厌做妻子的生活，后来正当她觉得没法再忍受时，不想又做了母亲。做母亲对她来说不是什么很难克服的困难，二十五年来，她一直为丈夫精打细算地操持着这个家。如今两个儿子已经独立了。他们一个在格拉斯哥的一家布店里工作，另一个在贝尔法斯特给一个茶商当秘书。他们都是孝顺的孩子，时不时给家里写信、寄钱。其他几个孩子仍在上学。

第二天，柯南先生仍然需要卧床休息，不过他给他的办公室发了封信，交代了一些工作事宜。柯南太太给他做了点儿牛肉茶，并狠狠地数落了他一番。对她来说，丈夫时不时发生的酗酒，就像这变化多端的天气一样，不值得大惊小怪。但当他醉了呕吐时，她还是会尽到一个妻子的职责，很好地照料他，尽量让他吃些早饭。她知道，比起一些丈夫更糟的人，她已经算好很多呢！自从孩子们长大以后，他从来没对她发过火；而且她知道，就算是为了一个很小的订单，他也会走遍整个托马斯大街。

两天后的一个晚上，柯南先生的朋友们来看他。柯南太太把他们带到楼上的卧室，那里弥散着一股病人的气味，她安排他们在炉子旁坐下。柯南先生舌头上的伤还没好，时不时地刺疼，因此他在白天总是很烦躁，不过到了晚上就平静多了。此时，他坐在床上，背后垫着个枕头，肥胖的双颊呈灰白色，看上去就像是尚有余温的灰烬。他向客人们道歉，说屋里太乱了；但同时又带着一点儿过来人的自豪感。

他一点儿也没有意识到自己正被算计——他的朋友卡宁汉先生、麦考伊先生和鲍尔先生刚才在客厅时，已经告知了柯南太太他们的秘密计划。想出这个主意的是鲍尔先生，但具体实施人却是卡宁汉先生。柯南先生本来是一个新教徒，虽然结婚时改信了天主教，但二十年来从不恪守天主教的教条。而且，他还喜欢对天主教教义旁敲侧击地表示怀疑。

这件事由卡宁汉先生来做再合适不过了。他和鲍尔先生是同事，但他资格比他老。他自己的家庭生活也不太幸福。大家一向对他满怀同情，因为大家知道他娶的妻子很不像话，她是一个不可救药的醉鬼。因为她，他曾经重新布置过六次房间，可每次她都把家具用他的名义当个精光。

大家都尊敬可怜的马丁·卡宁汉。他人很聪明，又特别通情达理，因此在当地有着不小的影响力。因为工作，他需要大量接触治安法庭的案件，这使得他拥有了一种独特的敏锐性，再加上他喜欢阅读各种哲学著作，就使得这种敏锐性得到了很好的锤炼。他的消息十分灵通，因此他的朋友们都习惯听从他的意见，甚至还认为他的面貌长得像莎士比亚。

柯南太太在听完他们的秘密计划后，曾感激地对他说："那我就拜托您了，卡宁汉先生。"

在经历了二十五年的婚姻生活后，柯南太太对生活已经不再心存幻想了。宗教对她来说是一种习惯，而且她觉得像她丈夫这样年龄的人，到死也不会有多大改变。她甚至还下意识地想，他的这次意外事件没准是一个报应的结果，要不是不想在人前显得自己太狠心，她真想告诉那些先生：柯南先生即使舌头短了一截，也不会难受。毕竟，卡宁汉先生是个很有本事的人，而且宗教毕竟是宗教，这个计划说不定有效呢，而且这也没什么害处。本来她并不抱多大希望，不过她相信圣心，而且十分坚定，她觉得圣心是天主教虔诚的信念中最有用的东西，所以她也赞成圣礼和圣事。她的信仰被局限在她的厨房里，但别无办法时，她也会相信班希（Banshee：爱尔兰传说中的女鬼。传说只要她出现，就会有人死掉。她总会在人们死亡前的一两个晚上出现，在窗户下一面梳头一面痛哭）和圣灵。

几位先生开始谈起柯南先生的这次事故。卡宁汉先生说见到过类似的情形。以前一个七十岁的老头，羊癫疯发作时，也把舌头咬掉了一小块，后来又长好了，而且一点儿咬过的痕迹也看不出来。

"啊，我都没到七十岁呢。"柯南先生说。

"但愿您的舌头没有被咬掉。"卡宁汉先生说。

"现在还疼吗?"麦考伊先生问。

麦考伊先生曾是个很有名气的男高音，后来他娶了一个曾经做过女高音歌手的女人为妻，现在她的妻子在教孩子们学弹钢琴，但收入不多。说起来，他的经历也很坎坷，有些时候为了糊口甚至需要耍点小聪明。他在米德兰铁路公司工作过，也为《爱尔兰时报》和《自由人日报》做过广告兜销员，还为一家煤炭公司做过抽取佣金的推销员，他还曾经是一家私人咨询机构的代理，做过副行政司法长官办公室的秘书。最近，他又摇身一变，成了市验尸官的秘书。因为这份新工作，他对柯南先生的事件产生了一点儿兴趣。

"疼？不怎么疼。"柯南先生回答，"但让人很难受，我感觉自己总想吐。"

"你肯定是喝多了。"卡宁汉先生的语气十分肯定。

"不。"柯南先生说，"我想我可能坐车时受了凉。我老感觉喉咙里有什么东西，不是痰就是……"

"黏液。"麦考伊先生说。

"它老是往嗓子眼涌，真让人难受啊。"

"对，没错，"麦考伊先生说，"那是胸部的问题。"

说完，他求证似的看看卡宁汉先生和鲍尔先生。卡宁汉先生很快地点了点头，而鲍尔先生则说："好啦，只要结果好就行了。"

"老弟，这次真是太谢谢你了。"柯南先生说。

鲍尔先生摆了摆手，示意他不要客气。

"跟我在一起的那两个家伙……"

"谁跟你在一起？"卡宁汉先生问。

"一个小伙子。我想不起他的名字了。真是该死，他叫什么来着？那个长着淡黄色头发的小伙子……"

"还有谁？"

"哈福德。"

卡宁汉"哼"了一声。

伴随着这"哼"的一声，大家都沉默了。很明显，卡宁汉先生知道点儿内情。在这种情况下，他这个单音节的"哼"字带有一种道德的意向。

原来，这个哈福德经常会召集几个人，星期天中午一过他们就离开市区，尽快赶到市郊的某个酒馆，在那里，他们自诩是"真正的"旅行家。不过那些和他一起旅行的同伴从来没有忘记他的出身。他最早不过是一个地位卑微的小钱商，借一点小钱给工人，然后收取高额的利息。后来他结识了利菲信贷银行的戈德堡先生，并和这个又矮又胖的绅士结为了伙伴。虽然哈福德只是按犹太人的做法做生意，但每当他的天主教教友们和他们的朋友遭到他的催逼，痛苦就刺激了他们，他们就会跳起来恶狠狠地骂他说他是个爱尔兰犹太佬，是个无知的文盲，并认为他那个白痴儿子就是上天对他放高利贷的惩罚。然而在其他时候，他们倒是记得他的好处。

"我真想知道他去哪儿了。"柯南先生说。

他在心里祈祷朋友们不要再追问这次事件的细节。他希望朋友们认为是哪里出了点儿差错，所以他才会和哈福德在酒店碰上。他的朋友们都见识过并深知哈福德喝酒时的样子。但此时他们都一声不吭。过了好一会儿，鲍尔先生才说："结果好就行。"

柯南先生马上把话题移开。

"那年轻人真是个好人，他是做医生的。"他说，"要不是他……"

"嘿，真是多亏了他，"鲍尔先生说，"要不然你就可能进警察局待上七天，想用罚款代替也不行。"

"是啊，是啊。"柯南先生说着，努力回忆那天的情景。然后他继续说，"我记得那天还有个警察。他看上去很正派的样子。他怎么会在那儿？"

"汤姆，你惹下麻烦了。"卡宁汉先生严肃地说。

"确实是这样，还有传票呢。"柯南先生同样严肃地说。

"我想你一定是用了点手段贿赂了那个警察，杰克。"麦考伊先生说。

"杰克"是鲍尔先生的教名，但他一点儿也不喜欢别人用这个名字称呼他。这倒不是因为他古板，而是他忘不了麦考伊先生最近欺骗过他的事实：当时他看见他大量搜罗旅行包和旅行箱便问他作何用途，他谎称说是他太太要去乡下演出，而事实上，他是为了组织一个公益活动。要知道鲍尔先生一向讨厌欺骗的行为，更讨厌别人用这种低劣的花招骗他。因此他回答了问题，把这个问题当做是柯南先生提出来的，而对麦考伊先生，并不予以理睬。

很显然，这样的回答让柯南先生火冒三丈。他一直自诩为一个遵纪守法的公民，希望在这个城市里受人尊敬，因此当他得知那个被他视为土老帽的警察冒犯了他时，他内心的愤怒汹涌而出。

"难道我们纳税就是为了这个?"他问道，"只是为了供这些无知的家伙们吃穿……他们可真不是东西。"

卡宁汉先生听了哈哈大笑起来。只有在上班时，他才把自己看做是政府官员。

"他们还能是什么呢，汤姆?"他问。

他故意用一种浓重的乡下口音，以命令的口吻说道：

"六十五号，接住你的洋白菜！"

大家都被他逗得哈哈大笑。麦考伊先生很想找机会插进谈话，就装出一副他没听过这个故事的样子。卡宁汉先生说：

"据说——他们都这么说，你知道——这是发生在新兵站的事儿，在那里，他们把这些大个子的乡下蠢货集合起来，你知道的，就是对他们进行训练。队长会让他们靠墙站成一排，高举着自己的盘子。"

为了更形象地描绘这一事件，卡宁汉先生借助了一些夸张的手势，手舞足蹈地讲述开来。

"开饭了，你知道。队长就端来一个盛满洋白菜的大盆子，放到桌上，盆子里放着大得吓人的像铁锹似的勺子。他用勺子舀起一些洋白菜，然后用力向远处的那些新兵一甩，嘴里喊着：'六十五号，接住你的洋白菜。'那些可怜的家伙必须用手里的盘子接住那些洋白菜才行。"

大家再次被逗得哈哈大笑。只有柯南先生仍处在愤怒的情绪中。他说要向报社揭发这件事才行。

"这些乡巴佬来到这里，"他说，"自以为高人一等，可以作威作福了。我想不用我说，马丁，你也知道他们是什么货色。"

卡宁汉先生有所保留地给予了赞同。

"就像这个世界上其他事情一样，"他说，"有坏的也有好的。"

"嗯，说得对，是有好的，这点我承认。"柯南先生满意地说。

"所以，最好别理会他们，"麦考伊先生说，"这是我的观点！"

这时，柯南太太端着一个托盘走了进来，把它放在桌上，说道：

"先生们，随便吃点，别客气。"

鲍尔先生站起身，很绅士地要把自己的椅子让给她。但她推辞了，说她楼下还熨着衣服，然后她冲着鲍尔先生背后的卡宁汉先生点了点头，准备离开房间。这时，她的丈夫柯南先生却冲她喊道："亲爱的，我怎么什么都没有？"

"哼，你？我给你个巴掌！"柯南太太刻薄地说。

柯南先生在她背后继续喊道：

"唉，我真是个可怜的小丈夫啊，什么东西都没有！"

他说话的语气和脸上的表情滑稽极了，逗得大家哈哈大笑。大家很快就分完了桌子上的那几瓶啤酒。

先生们个个开怀畅饮，喝完啤酒，他们又把杯子放回了桌上，歇息了一会儿。

过后，卡宁汉先生转向鲍尔先生，漫不经心地说：

"你是说在星期四晚上，对吗，杰克？"

"没错，就是星期四。"鲍尔先生说。

"好啊！"卡宁汉先生立刻嚷道。

"我们可以在马奥莱店里碰头。"麦考伊先生说，"那里最合适不过了。"

"我们可得早点去，"鲍尔先生认真地说，"晚了就挤不进去了。"

"那我们约在七点半在那里碰头吧。"麦考伊先生说。

"好吧！"卡宁汉先生说。

"马奥莱店里，七点半碰头，就这么说定了啊。"

大家沉默了一会儿。柯南先生等了一会儿，心里想着看看朋友们会不会主动给他说明白。但他最终还是没忍住，于是开口问道："你们要进行什么秘密的事吗？"

"啊，没什么，"卡宁汉先生说，"不过是一点小事，我们打算在星期四解决它。"

"是去听歌剧吗？"柯南先生问。

"不，不是，"卡宁汉先生支支吾吾地说，"只是一件小事……关于心灵上的……"

"哦。"柯南先生说。

大家又沉默下来。接着，鲍尔先生打断了大家的沉默，直接了当地说："实话告诉你吧，汤姆，我们准备做一次宗教的静修。"

"对，就是这样，"卡宁汉先生说，"杰克和我还有麦考伊——我们都准备把壶好好洗洗。"

这个比喻似乎让他备受鼓舞，因此他继续语气亲切地说道："汤姆，你知道，我们都是一群臭味相投的恶棍，所有人都是，包括我在内。"他的口气中带着粗野的怜悯，并转向了鲍尔先生继续说道，"你坦白承认吧！"

"是的，我坦白承认。"鲍尔先生说。

"我也承认。"麦考伊先生说。

"所以我们得一起把壶好好洗洗。"卡宁汉先生说。

他好像突然想起了什么，转向柯南先生说："汤姆，你知道我刚才想到了什么？你可以参加进来，这样我们就是四人组了。"

"好主意，"鲍尔先生说，"我们四个人一起去。"

柯南先生没有说话。他没有看出这个建议对他的思想有什么意义，但这却让他意识到，一些宗教的力量试图来关心并影响他。所以他认为，为了自己的尊严，他有必要在态度上强硬一些。接下来，朋友们开始谈论耶稣会，他一声不吭地听着，表情镇定，但还是能明显看出他神情中流露出的一丝敌意。

"我倒不认为耶稣会有那么坏,"他终于忍不住插进来开口说道,"他们的成员都受过教育。而且我相信他们那样做是出于好意,这个出发点是好的。"

"在众多教会团体中,他们是最了不起的一个,汤姆,"卡宁汉满腔热情地说,"耶稣会会长的地位仅次于教皇。"

"一点没错,"麦考伊先生说,"假如你想把事情干得干净利索,不拖泥带水,你就去找耶稣会的教士。他们那些人影响力都不小。我跟你讲个真实案例……"

"耶稣会的人品德都很高尚。"鲍尔先生说。

"耶稣会有个地方还真让人费解,"卡宁汉先生说,"大家都知道,教会中其他团体到了一定阶段都会改组,可耶稣会从来没有改组过。"

"是吗?"麦考伊先生问。

"确实如此,"卡宁汉先生说,"历史就是这么记载的。"

"再看看他们的教堂,"鲍尔先生说,"看看他们的会众。"

"耶稣会真是符合上层阶级的口味。"麦考伊先生说。

"那当然。"鲍尔先生说。

"说得不错，"柯南先生说，"所以我才对他们还有一丝好感。倒是那些世俗的传教士，总是自以为是，愚昧得可怕……"

"他们也不是坏人，"卡宁汉先生说，"只是每个人传教的方式不一样而已。爱尔兰教士在全世界都有不错的名声。"

"啊，是这样。"鲍尔先生说。

"他们和欧洲其他国家的传教士可不一样，"麦考伊先生说，"那些才是虚有其表的家伙呢。"

"也许你说得对。"柯南先生放缓了语气。

"当然我是对的，"卡宁汉先生说，"我走南闯北，见过好多人好多事，完全可以正确判断人们的品格。"

大家说到这里，又开始喝酒。柯南先生似乎受到了感染，若有所思。他对卡宁汉先生判断品格、解读表情的本事表示钦佩，于是他要求他说点儿具休的。

"哦，只不过是静修而已，你知道，"卡宁汉先生说，"由珀顿神父主持。你知道的，专门针对商人的静修。"

"他对我们不会太苛刻的，汤姆。"鲍尔先生劝诱说。

"珀顿神父？珀顿神父？"柯南先生嘴里念叨着这个名字。

"哦，汤姆，我敢肯定你认识他。"卡宁汉先生果断地说，"他是个乐观的好人！对世俗的见解很透彻。"

"啊……是的。我想我认识他。是不是个子很高，脸红红的？"

"对，他就是那样。"

"那么，告诉我，马丁……他是个好的布道者吗？"

"嗯，怎么说呢……其实也算不上什么布道，你知道的。不过是进行一场友好的交谈，你知道的。"

柯南先生再次陷入了沉思。

麦考伊先生说："不，不对，那人其实是汤姆·勃克神父！"

"哦，汤姆·勃克神父？"卡宁汉先生说，"那可真是个天生的演说家。你听他讲过吗，汤姆？"

"我听他讲过吗？"柯南先生似乎觉得自己被轻视了，口气很冲地说，"我当然听过！我听他讲过……"

"可是，许多人认为他实在不像个神学家。"卡宁汉先生说。

"是吗？"麦考伊先生问。

"确实如此，不过这也不算什么错，他不过是在某些时候，不太喜欢讲正统的东西罢了。"

"嗨……他可是个了不起的人。"麦考伊先生说。

"我听他讲过一次，"柯南先生继续说道，"但我不记得他讲的是什么了。只记得科洛夫顿和我坐在……大厅的后面，你知道……就是——"

"中殿？"卡宁汉先生说。

"对，在后面靠近门口的地方。我想不起他讲的是什么了……啊，对了，我想起来了，他讲的是有关教皇的事，就是那位故去的教皇。我现在全想起来了。我敢说，他真是一个气度非凡的演说家，他的声音真是好听极了！他把教皇叫做'梵蒂冈的囚徒'，他就是那么叫他的。我记得当我出来时，科洛夫顿就对我说……"

"科洛夫顿，他不是个'橙色分子'（Orangerman：指爱尔兰在1975年成立的一个新教组织的成员，因该组织用橙色带做徽章而得名）吗？"

"哦，是的，"柯南先生说，"他还是个挺正经的'橙色分子'。我们走进莫尔街巴特勒的店里——说真的，那场演讲让我非常感动，那感觉太真实了——我清楚地记得他说的每一个字。'柯南'，他说，'虽然我们在不同的祭坛参拜，但我们的信仰的本质是一样的。'这话说得真贴切。"

"那话确实精辟，"鲍尔先生说，"每次汤姆神父布道时，都会发现教堂里的听众有很多是新教徒。"

"我们之间并没有多少不同，"麦考伊先生说，"我们都有信仰……"

他迟疑了一会儿，接着说："……相信救世主。只是他们不相信教皇和圣母。"

"不过，毫无疑问，"卡宁汉先生平静而有力地说，"我们的宗教才是最正宗、最古老、最原始的信仰。"

"那是当然。"柯南先生热情地说。

柯南太太来到卧室门口，通报说："有客人要见你!"

"谁?"

"福加第先生。"

"哦，快请他进来!"

灯光下，出现了一张苍白的椭圆形面孔。福加第先生进来了，他有着呈拱形的漂亮下垂的胡子，眼睛里闪烁着愉快而惊奇的光芒，眉毛的形状和他胡子的形状一样漂亮。福加第先生是个做杂货生意的小商人。他手头没有足够的资金，没办法在城里开一家专卖店，因此只能依附于二等酒厂和啤酒厂。他在格拉斯尼文路上开了一个小店，相信自己能够凭借优雅的举止风度，顺利赢得那片地区的家庭主妇们的好感。他为人温和，举止文雅，懂得夸赞孩子，说话口齿清晰。他可是个有文化的人。

　　福加第不是空手来的，他还带来一件礼物——半品脱特级威士忌。他先是礼貌地询问了一下柯南先生的病情，然后把礼物放到桌上，很随意地与大家坐在一起。柯南先生对这礼物格外赞赏，因为他心里清楚，他和福加第之间还有一小笔杂货账没有结清。他说：

　　"我信得过你，老伙计。杰克，能麻烦你打开它吗？"

　　于是，鲍尔先生站起身来，又一次担当了主持人的角色。他简单地冲洗了一下酒杯，给五个杯子里倒上威士忌。酒使得现场的谈话活跃起来。福加第先生坐在椅子的边角上，看上去对大家的谈话格外有兴趣。

　　"教皇利奥十三世，"卡宁汉先生说，"是这个时代最耀眼的光芒。你们知道，他的伟大的理想，就是要使罗马天主教和希腊正教合二为一。那是他一生的目标。"

　　"我常听人说，他是欧洲最有智慧的人之一。"鲍尔先生说，"我的意思是，这与他教皇的身份无关。"

　　"他确实很有智慧，"卡宁汉先生说，"但算不上最有智慧。你们知道，他做教皇时的座右铭是'Lux upon Lux'——'光上之光'。"

"不，不对，"福加第先生急切地说，"我想你说错了。我觉得是'Lux in Tenebris'——'黑暗中的光明'。"

"哦，是的，"麦考伊先生说，"就是'Tenebrae'，这个词是'黑暗'的意思。"

"对不起，"卡宁汉先生一口咬定，"我认为是'Lux upon Lux'，就是'光上之光'的意思。他的前任庇护九世的座右铭是'Crux upon Crux'，就是'十字架上的十字架'的意思。很显然——这很好地表明了两位教皇之间的区别。"

这一推论被大家认可后，卡宁汉先生又继续说道：

"你们知道，利奥教皇是个伟大的学者和诗人。"

"他的五官真是坚强刚毅。"柯南先生说。

"是的，"卡宁汉先生说，"他还会写拉丁文诗呢。"

"真的吗？"福加第问。

麦考伊先生心满意足地品着威士忌，意义双关地摇了摇头，说道：

"我跟你说，这可不是玩笑话。"

鲍尔先生学着麦考伊先生的样子说："我们可没有学到过，要知道我们当年上的可是一星期一便士学费的学校呢。"

"好多人都是上那种一星期付一便士学费的学校啊，学生们都在腋下夹一片草垫，"柯南先生装出一副很庄重的样子，说，"旧制度最好了，完全是简朴诚实的教育。一点没有你们现在这些花里胡哨的玩意儿……"

"太对了。"鲍尔先生说。

"没有一点多余的东西。"福加第先生说。他口齿清楚地吐完这句话，又文雅地喝了一口酒。

"我记得读过利奥教皇的一首诗。"卡宁汉先生说，"那首诗描写的是照片的发明——当然，那是首拉丁文诗。"

"关于照片！"柯南先生大为惊讶。

"是的。"卡宁汉先生说。他也喝了一口酒。

"喔，你知道，"麦考伊先生说，"仔细想想，照片不是很奇妙吗？"

"哦，那当然，"鲍尔先生说，"伟大的心灵总是能洞察一切。"

"就像诗人说的那样：伟大的思想近乎于疯狂。"福加第先生说。

柯南先生似乎有点慌乱。他努力回想新教神学那些有争议的问题，最后他转向卡宁汉先生，说道：

"告诉我，马丁，"他说，"有些教皇——当然不是我们现在这位，也不是他的前任，而是很久以前的一些——不是也不太……你知道……不太好吗？"

现场又陷入了沉默。最终卡宁汉先生开口了："哦，是的，是有些坏家伙……不过让人惊奇的恰恰是这个。他们当中，即使最大的醉鬼，最……彻头彻尾的恶棍，也从来没有在教堂布道时讲过一句不符合教义的话。你们说，这难道不让人惊奇吗？"

"哦，是啊。"柯南先生说。

"是呀，因为教皇在教堂布道时，"福加第先生解释说，"他总是正确的。"

"对。"卡宁汉先生说。

"啊，关于这事，我想我知道点儿什么。我记得那时我还年轻……或者那是——"柯南先生不确定地说。福加第先生打断了他的话。他拿起酒瓶，开始帮别人添酒。麦考伊先生看到酒不够分了，就推说他还没喝完第一杯。其他人也谦让了一番，最终还是接受了。威士忌倒进酒杯时悦耳的声音，仿佛是谈话中一支愉快的插曲。

"你刚才说什么来着，汤姆？"麦考伊先生问。

"'教皇一贯正确'这个教条的出现，"卡宁汉先生说，"真是整个教会史上最伟大的一幕。"

"为什么这么说呢？"鲍尔先生问。

卡宁汉先生竖起两根胖胖的手指，他说："你们知道，在由红衣主教、大主教和主教组成的圣教团中，只有两个人不认同这点，其他所有人都赞成。除了这两个人之外，整个选举教皇的秘密会议完全一致。不！他们就是反对，不希望事情变成这样！"

"哈！"麦考伊先生嚷道。

"那两个人一个是德国的红衣主教，名字叫杜林……或者道林……或者——"

"道林不是德国名字，这我可以肯定。"鲍尔先生笑着说。

"好啦，知道他是德国红衣主教就行，随便他叫什么，反正是其中的一个；另一个人就是约翰·麦克海尔。"

"什么?"柯南先生叫道，"是图阿姆的约翰吗?"

"你敢肯定吗?"福加第先生对此表示怀疑，"我认为更可能是一个意大利人或美国人。"

"就是图阿姆的约翰，"卡宁汉先生重复说，"就是他。"

他喝了口酒，别的先生们也跟着喝了口。然后他接着说："他们都在那里参加秘密会议，世界各地的红衣主教、主教、大主教都聚集在那里，其他人和这两个人争得面红耳赤，直到教皇本人亲自站起来宣布：'教皇一贯正确'是教会的信条。这时，刚才还在竭力反对这个提案的约翰·麦克海尔站了起来，像狮子吼叫似的喊道：'相信!'"

"我相信!"福加第先生说。

"一句'相信!'"卡宁汉先生说,"充分表明了他内心的信仰。只要教皇一发话他便服从。"

"那道林呢?"麦考伊先生问。

"那位德国红衣主教还是不愿屈从。于是他脱离了教会。"

听卡宁汉先生说完,人们觉得教会的形象在他们心中变得高大起来。当他说到"相信"这句话时,他那深沉粗犷的嗓音震动了他们所有人。这时柯南太太擦着手进来了,她发现屋里的气氛很严肃。她没有说话,只是把身子倚靠在床脚头的栏杆上。

"我见过约翰·麦克海尔,"柯南先生说,"我永远忘不了那情景,这一辈子都不能忘。"

他转头望着妻子,似乎向她求证。

"我跟你提过很多次吧?"

柯南太太点了点头。

　　"那是在约翰·格雷爵士雕像的揭幕式上。埃德蒙·德怀尔·格雷正在讲台上说着一大堆废话，这位老人站在那里，满脸怒容，就这样透过眼睛从浓密的眉毛下直直地盯着他。"

　　柯南先生拧起眉头，低下脑袋，看起来就像一头愤怒的牛那样瞪眼望着他的妻子。

　　"上帝啊！"他惊叹道，之后又恢复了他自然的面目，"我从来没见过那样的目光。那目光仿佛在说：'我看透你了，我的孩子。'他的眼神像鹰眼一样犀利。"

　　"格雷家族的人没一个像样的。"鲍尔先生说。

　　又是一阵沉默。鲍尔先生转向柯南太太，突然兴奋地说道："哎，柯南太太，你丈夫快被我们变成一个善良、圣洁、虔诚而畏惧上帝的天主教教徒了。"

　　他像是得胜似的，向着所有在座的人挥了一下胳膊。

　　"我们大家准备一起去做一次静修，彻彻底底地忏悔我们的罪过——上帝知道，我们是多么有必要这样做。"

　　"我无所谓。"柯南先生说，脸上的微笑明显有点不自然。

柯南太太心里很高兴，但她知道她不能表现出来，于是她装出一副不太高兴的样子，说："要听你们那些故事的神父，我真同情他，他太可怜了。"

柯南先生的脸色变得很难看。

"如果他不想听，"他生硬地说，"他可以……干点儿别的。我将只告诉他一件让我烦恼的小事。我可不是什么坏人——"

卡宁汉先生赶紧打断了他的话。

"我们一起抛弃那个魔鬼吧，"他说，"一起来识破魔鬼的那些花招和诱惑。"

"撒旦，滚开吧！"福加第先生说，一边哈哈笑着，一边望着众人。

鲍尔先生沉默不语。他觉得自己主持人的位置被抢了，但他丝毫没有不高兴，因为他的脸上闪现出一种喜悦的表情。

"我们要做的很简单，"卡宁汉先生说，"就是手持点燃的蜡烛，站在那里重申我们洗礼时的誓言。"

"对了，别忘了蜡烛，汤姆，"麦考伊先生说，"不论你做什么，都别忘了蜡烛。"

"什么?"柯南先生问，"我还要带上蜡烛?"

"是的，汤姆。"卡宁汉先生回答。

"蜡烛，还是不要了吧，"柯南先生激动地说，"这触及我的底线了。我会好好去做那件事。我会参加静修、忏悔，以及所有那种事。但是……不能拿蜡烛!不，绝对不能，见他的鬼去吧!"

他说完神色庄重地摇了摇头。

"听听他说的那些话!"他妻子说。

"我就是不拿蜡烛，"柯南先生说，他意识到他的话似乎对听众产生了某种效果，于是继续来回晃动他的脑袋，"我可不想举个像魔灯似的玩艺儿。"

大家被他逗得哈哈大笑。

"你们还真有了个守规矩的天主教徒!"他妻子说。

"不要蜡烛！"柯南先生还在执拗地重复说道，"绝对不要！"

在加第纳大街的耶稣会教堂，人已经挤得满满当当的了，但还是有一些绅士时不时从侧门挤进来，在教友的引导下，踮着脚尖沿着侧廊走动，找到一个空隙坐下。这些绅士们个个穿着体面，举止文雅。在教堂里灯光的照耀下，人们可以看见一大片黑衣白领，以及穿插其间的一些花呢子衣服；人们还可以看见那些绿色大理石柱子上斑驳的暗点，还有墙上挂着的那些阴沉沉的油画。绅士们坐在长凳上，把长裤微微拉过膝盖，然后将帽子平稳地放在膝上。他们仰着身子靠后坐着，脸色十分庄重地望着远处悬在高祭坛前面的点点红灯。

卡宁汉先生和柯南先生坐在靠近讲坛的一条长凳上。在他们后面的凳子上，麦考伊先生一个人坐着。在麦考伊先生后面的凳子上坐着的，是鲍尔先生和福加第先生。麦考伊先生本来想和他们坐在一起，可惜没能如愿。后来当他们坐下，他发现他们几个人组成了一朵梅花的形状，他就此说了几句玩笑话，可惜没什么反响，只得作罢。

渐渐地，麦考伊先生也开始感觉到气氛的庄重，开始对宗教的激励有所反应。卡宁汉先生在柯南先生耳边低声说话，让他注意那几个人：坐在与他们有段距离位置上的哈福德先生，就是他们前面说起过的那位放债者；还有范宁先生，他是负责选举注册代理和决定市长人选的，此刻他就坐在讲坛下面；坐在范宁先生旁边的是一位该选区新选的议员；在他们的右边，坐着的是老麦克尔·格莱姆斯，他是三家当铺的老板；还有丹·霍根的侄子，最近他正在谋求市秘书处的位子；在更前面的前排，坐着亨德利克先生，他是《自由人报》的首席记者；还有柯南先生的老友、可怜的奥卡洛尔先生，他在商界也曾经是个响当当的人物。

在这里，柯南先生看见了不少熟悉的面孔，这让他渐渐放松了一些了。他把那顶被妻子洗干净的丝织帽子端正地摆放在膝盖上。有那么几次，他用一只手拉下袖口，用另一只手轻轻地、但却牢牢地捏着帽檐儿。

人们看到，一个看上去分量十足的人物走上了讲台，他穿着一件白色法衣，费劲地登上讲坛。一看这个人出现，现场骚动起来，会众们都激动地掏出手绢，将膝盖小心翼翼地跪上去。柯南先生也不例外。这时这个担当神父角色的人在讲台上站直身子，身子的三分之二露在讲台桌的上面，身子顶端是一张硕大的红脸。

珀顿神父跪了下来，把脸转向红灯，双手捂脸开始祈祷。祈祷完后，他放下手，挣扎着站起身来。会众也跟着站起来，重新坐到凳子上。柯南先生也把帽子照原样放好，脸上的神情十分庄重，专注地望着台上的神父。神父用力地挥动胳膊，将宽大的法衣袖子甩到了后边，然后慢慢地审视着听众席上的一排排面孔，说道：

"今世之子，在世事之上，较比光明之子更加聪明。我又告诉你们：要藉着那不义的钱财结交朋友，到了钱财无用的时候，他们可以接你们到永存的帐幕里去。"

珀顿神父大声地念着《圣经》中的这段最玄妙的经文之一，他那自信十足的态度很好地激起了听众心灵上的共鸣。他说，在整部《圣经》中，这是最难解释正确的一段经文。对一个不够用心的读者来说，这段经文看起来好像违背了耶稣基督在其他地方解释的高尚道德。但是，他告诉他的听众，他觉得这段经文特别适用于某些人，对他们有很好的指导作用，因为他们注定要过世俗生活，但又不想完全被世俗的名利掌控。这是一段适合商人和专业人员的经文。耶稣基督对人类本性有异常透彻的了解，他没有放过任何一个罅隙，因为他知道不是所有人都要过宗教生活，绝大多数人都被迫生活在俗世中，而且在一定程度上要为这个世界而生活；耶稣基督说这句话，用意在于给他们一个忠告，在他看来，认为那些无限崇拜财富的人其实是严守宗教生活的典范，尽管他们看起来对宗教一点儿也不关心。

他告诉听众，今天晚上他来到这里，并不是想去震慑谁，也不是想要说服某些人；他只是作为一个世俗的人来到这里，和朋友们聊聊天而已。他是来跟商界的人谈话的，因此他会用谈生意的方式跟他们交谈。他说，如果可以这样比喻，他觉得他就是他们灵魂上的会计师；他希望他的每一个听众都打开自己的账本，打开那本关于自己灵魂生活的账本，看看它们和良心上的账目是否完全一致。

作为灵魂的监工，耶稣基督并非不近人情。他体谅我们的小过失，理解我们那可怜的堕落了的天性中的弱点，也清楚生活中的种种诱惑。我们可能受过诱惑，我们所有的人都常常受到诱惑；我们可能有过失误，我们所有的人都有失误。但是只有一件事情，他说，他对大家只有一个要求，那就是：对上帝坦诚。如果他们的账目每一笔都清清楚楚，那就是说：

"好了，我已经核对过我的账目。我发现一点儿差错都没有。"

当然，账目上也可能会有差错，这种事情也是时有发生的。这时，发现差错的人就要勇敢地承认事实，像个男子汉那样坦率地认错：

"我已经核对过我的账目。我发现这儿出了差错，那儿也出了差错。但是，感谢天主的圣恩，我一定会改正所有的错误，整理清楚我的账目。"

伊芙琳

　　她临窗坐着，看着暮色渐渐吞噬了林荫道。她的头斜倚着窗帘，窗帘布上的灰尘一股脑儿地跑进她的鼻孔里。她感觉累了。

　　路上的行人渐渐稀少。一个男人从最后一幢房子里走出来，在她的窗前经过，然后踏上了归家的路。她听见他的脚步声一路噼里啪啦响过混凝土的人行道，又踏上了那条新落成的红屋区前的小道。那条小道是煤渣铺就的，踩上去便发出咔哧咔哧的声响。

曾几何时，那儿还是一片空地，每天晚上，他们姐弟几个和别人家的孩子就在那儿玩耍。后来， 个从贝尔法斯特来的人买下了那块地，在上面建起了房子，那是一栋和他们这儿的棕色小屋完全不一样的、有着明瓦的亮堂砖房。

从前，街坊邻里的孩子们常在那片空地上玩，迪万家的、邓恩家的，还有小瘸子基奥，当然，她和她的兄弟姐妹也在其中。不过，厄尼斯特从来不玩，他少年老成，比其他孩子要显得成熟许多。她父亲常常提着一根刺梨木拐杖赶到这片空地上，把他们撵出野地。不过好在有小基奥负责望风，一见她爸爸来，便狂呼示警。总的来说，那时的她还是相当快活的：父亲脾气还没这么糟，而且，母亲也还健在。可是，那是很久以前的事了。如今，时间一晃而过，她和她的兄弟姐妹都已经长大，妈妈已经过世多年，蒂西·邓恩也已不在了。就连沃特一家，也搬回了英格兰。物换星移，眼下，她也要走上他们的那条路，离开家乡了。

这就是家呀！她环顾四周，屋中所有熟悉的器物历历在目，很多年来，她每周为它们拂拭一遍灰尘，很多时候她也纳闷，这么多灰尘到底从哪儿来的。也许，以后的日子里她再也见不着这些旧物了，她做梦都想不到会有这一天。

房间里摆着一张信徒向圣女玛格丽特·玛丽·阿尔柯克许愿的彩色画片，旁边是一架早已破败不堪的风琴，风琴上面的墙上挂着一张泛黄的照片，是一位神父的，在那么多年漫长的时间里，她竟然从未弄清过那位神父的名字。神父大概是父亲的一位校友，每每家里一来客人，父亲就会指着那张照片给人家看，往往还漫不经心地添上一句：

"他现在在墨尔本。"

她已经决定要和他私奔了，她就要离开这个家了。可这样做明智吗？她努力从方方面面掂量这个问题。在家里，无论如何，她还不愁吃住，她还有亲戚朋友，大家相互知根知底也有照应。当然，她也得拼命劳作，家里、店里都一样。可如果被店里的人知道她跟个汉子私奔了，他们会怎么议论她？可能会说她是个傻瓜。至于她空出来的那个职位嘛，也许很快就会登出广告，招聘新人填补进来。这下，可遂了加万小姐的心意。平时，她总是爱跟她伊芙琳争上风，特别当旁边有人的时候：

"喂！希尔小姐，难道你没看见女士们都在等着吗？"

"打起精神来，希尔小姐，拜托啦！"

所以，离开这间店，她是不会伤心流泪的。

　　当然，在她即将要去的那个家，在那未知的远方，情形肯定就不同了。那时候她会结婚——她，伊芙琳。那样一来，人们就会尊重她，她绝不让自己有母亲那样的遭遇。哪怕是现在，她已经过了十九岁，还能时时感觉到来自那个暴力父亲的威胁。她明白，正是这种感觉让自己终日提心吊胆。在以前，父亲体罚哈里和厄尼斯特是常有的事情，但却从不招惹伊芙琳，因为她是女孩子。可是最近，父亲开始吓唬她，说什么要不是看在她死去母亲的分上，他一定要给她点厉害尝尝。现在，再也没有能够保护她的人了。厄尼斯特死了，而哈里在教堂装饰行里谋生，常常奔走于乡间，根本无暇照顾到她。

　　除了这些，每个星期六晚上，在钱的问题上，她和父亲总有一场雷打不动的争吵，她对此已经厌倦到难以言述的地步。她每月挣来的薪水有七个先令，她总会分文不少地交给父亲，哈里也尽可能地寄些钱来。但麻烦的是向父亲要钱的时候，他一贯说她乱花钱，又数落她没头脑，还说他不想把自己辛辛苦苦挣来的钱交给她，让她随随便便扔到大街上。除了这些，他还会叨唠些别的，总之一到星期六晚上，他脾气往往坏得不可理喻。不过到了最后，他还是会把钱给她的，然后再别有意味地问她是否有什么打算，诸如为星期天的晚餐准备点什么之类的。她只好以最快的速度跑出去，去市场采购。她在人群中挤来挤去，手里紧紧攥住自己那只黑皮夹子，等到她背着沉甸甸的食品回到家时，却已是深夜。

　　说到底，她之所以这样拼命干活，是为了把这个家拢到一起，也为了照看母亲托付下来的两个年幼的弟妹，她得让他们按时上学、按时吃饭。这对她而言，真可谓是辛苦的营生，是一种极为艰难的生活，可是现在呢，在这即将临别的时候，那些生活中的许多不如意，她竟然觉察不出来了。

　　她要跟着弗兰克，一起去开辟另一种生活了。弗兰克人很好，善良开朗，又有男人味儿。他们已经约好了，她将乘夜班船和他一道私奔，去做他的妻子，然后一起到布宜诺斯艾利斯生活，他已经在那儿为她打理好了一个家，那个崭新的家正等着她。

　　她还记得，他们初次相逢的时刻，那是多么美好的回忆啊！他那时租住在大街上一户人家里，那一带她经常去。大约是几星期以前，他站在大门口，倒戴着遮阳帽，头发乱蓬蓬的，耷拉在他古铜色的面孔上。没过多久，他们就认识了。那时，他每天晚上都要到店外去接她，然后送她回家。他还带她去看《波西米亚女郎》。和他一起坐在剧院里，她真是高兴极了，因为那是她第一次坐雅座，她还有些不习惯。他酷爱音乐，还能哼上几句。大家都知道他俩在谈情说爱。每当他唱起那首少女爱上水手的歌，她就会意乱情迷。他常开玩笑，叫她"小宝贝"。刚开始的时候，身边有个男伴，她觉得很是新鲜，后来，时间一长，她也就喜欢上了他。他很健谈，知道许多遥远国度的故事。他曾在阿兰航运公司的一艘驶往加拿大的轮船上做过舱面水手，一个月能挣一英镑。他跟她说，他曾经在哪几艘船上待过，干过哪些活。他说他曾随船穿越麦哲伦海峡，还给她讲述那里可怕的巴塔哥尼亚人的故事。他说他后来在布宜诺斯艾利斯交了好运，这次回国来，主要是度假来的。

对于他俩之间的事情，父亲自然是看出了端倪，警告她不许再搭理弗兰克了。

"我知道这些水手都是什么东西。"父亲说。

有一天，父亲跟弗兰克吵了一架，从那以后，他们只能私下悄悄见面了。

夜色笼罩了林荫道。她放在膝上的两个白色信封逐渐模糊了字迹。一封是写给哈里的，另外一封是给父亲的。从前，她最偏爱厄尼斯特，但也喜欢哈里。她注意到父亲最近老得特别快，他会想她的。有时候父亲也显得非常好，对她也慈爱。不久以前，她身体不适，躺了一天，他给她念了一篇鬼故事，还为她在炉上烤面包片。另有一天，那时母亲还在世，他们全家到霍斯山去野餐，她还记得，父亲戴上了母亲的软帽，把孩子们逗得哈哈大笑。

时光流逝，离别的时刻马上就到了，但她仍然坐在窗前，将头轻抵着窗帘，嗅着窗帘布上的粉尘味。大街深处传来一阵路边风琴手演奏的乐声，她熟悉这旋律，纳闷它怎么偏选择今天晚上出现。突来的音乐让她想起自己对母亲的承诺：答应要尽力维护这个家。她还记得母亲临终的那一夜，也是在过道那边紧闭的黑屋子里，像今晚一样，那晚她也听到过外面传来的曲子，她清楚地记得那是一支哀怨的意大利乐曲。当时，风琴手被勒令走开，父亲为此给了他六个便士。她记得当父亲昂首阔步地走回病房时，嘴里骂着："该死的意大利佬，竟然跑这儿来了！"

思绪中，母亲凄惨的一生在她眼前浮现，那一幕幕，令她感到触目惊心。就这样，母亲的生命在疯病中宣告结束，她作为平凡生活的牺牲品的一生，就此完结了。此时此刻，伊芙琳浑身打战，仿佛又听见母亲疯疯癫癫的凌乱话语，她说："我亲爱的小心肝！小心肝！"

她一个激灵，一跃而起。逃吧！她必须逃离！弗兰克会要她的，他会保护她，给她新的生活，也许，还有爱情。

是的，她要享受人生，人生不就是用来享受的吗？为什么就不可以开开心心的呢？她有追求幸福的权利。她坚信，弗兰克会拥她入怀，把她搂得紧紧的。他会救她的，一定会。

她来到北墙码头，站在来回涌动的人群中。他拉着她的手，她知道他在跟她说话，一遍又一遍地絮叨着跟这次行程有关的一些事。

码头上到处都是士兵，他们背着棕色行囊。透过几扇有遮檐的宽门，她一眼瞥见轮船乌黑的船身，亮着舷窗的轮船正停靠在码头墙边。她一句话也没说，只觉得面颊既苍白又冰冷，一缕迷乱的哀愁在她心中泛起。她祈祷，希望上帝会佑护她，并为她指点迷津。轮船在雾霭中发出一声绵长而凄凉的笛响。这一走，明天这个时候，她就已经和弗兰克一起，待在驶往布宜诺斯艾利斯的海途中了。他连旅行的船票都已订好了。他为她做了这么多，她怎么能反悔呢？痛苦带给她一阵翻江倒海般的眩晕。她嚅动着嘴唇，默默又热烈地向上帝祷告。

突然，起航的铃声叮当响了起来，听得叫人惊心动魄。她发觉他正抓着自己的手。

"来吧！"

一时间，仿佛全世界的海浪都涌上了她的心头。他这是要把她拉下海去；他会淹死她的。她两只手拼命抓住船上的铁栏杆。

"来呀！"

不！不！不！这绝不可能。狂乱中，她的双手把栏杆抓得更紧了。她凄厉地尖叫一声，声音划过海面，然后消散。

"伊芙琳！伊薇！"

她看到弗兰克穿过障碍冲过来，他向她呼唤，让她跟上。一旁的人嚷嚷着让他快走，可他不管，还在朝她呼唤，而她面向着他，留给他的却是一张苍白的脸，憔悴得像一只无助的动物。他看着她，她的眼中已经没有一丝爱意，半点别情也没有，就好像他们本来就是陌路人。

对手

刺耳的铃声响了起来，帕克小姐取下听筒，一个愤怒的带着爱尔兰北部口音的声音从听筒传来：

"叫法林顿过来！"

帕克小姐放下电话，回到她的打字机前，对旁边一个伏在办公桌上抄写东西的男人说："奥莱恩先生叫你过去。"

"见鬼！"那男人低声嘟囔了一句，把屁股下的椅子往后挪了挪，站起身来。他站直身子时，个子很高，身材很魁梧。他有一张长脸，脸色紫红紫红的，眉毛和胡子却是浅浅的黄色；他的眼睛稍微有点往外凸，眼白上似乎有什么脏东西似的浑浊不清。他掀开柜台板，从顾客中侧身出去，步伐沉重地走出了办公室。

他上到了二楼，那里有扇门上镶着一块铜牌，铜牌上刻着"奥莱恩先生"。他停在门前，等自己因急匆匆上楼而喘着的粗气平息下来后，就敲了敲门。一个尖锐的声音喊道："进来！"

他走进奥莱恩先生的办公室。与此同时，奥莱恩先生也正从一堆文件上抬起头来。他是个小个子男人，戴一副金丝眼镜，脸刮得干干净净，那颗红润的光秃秃的脑袋瓜，看起来真像是一只搁在文件堆上的大鸡蛋。一见他进来，奥莱恩先生就气势汹汹地说道：

"法林顿，你这是什么意思？你为什么总是要让我说你呢？你为什么没有抄写好鲍德利和科万之间的合同？我明明很清楚地告诉过你，一定要在四点之前准备好的。"

"可是，雪莱先生说，先生——"

"什么'先生'，'雪莱先生说'……别拿这当偷懒的借口，还是老老实实听着我说些什么，别总拿雪莱先生当借口。我可告诉你，如果今天下班前你不把合同抄好，我就把这事报告克罗斯比先生……你听清楚我说的话了吗?"

"听清了,先生。"

"希望你真的听清了……还有一件事!跟你说话简直就是对牛弹琴。你给我好好记住,你午饭时间是半个小时,不是一个半小时。我真想知道,你一顿饭要吃几个菜……记住我的话了吗?"

"记住了,先生。"

奥莱恩先生说完又低下头,看他那堆文件去了。法林顿一动不动地看着眼前这颗统领着克罗斯比和奥莱恩公司事务的脑袋,就是这颗像鸡蛋似的秃脑袋,真让他有种上前去敲碎它的冲动。一阵怒火猛然涌上他的喉头,但很快又过去了,只留下一种异常干渴的感觉。他熟悉这种感觉,知道今天晚上必须要好好狂饮一番才行。这个月离月底没几天了,如果他今天能抄好合同,也许奥莱恩先生会同意给他预支一点工资。他就那么一动不动地站着,目不转睛地看着那颗文件堆上方的脑袋。忽然,奥莱恩开始在文件中翻找什么东西,他这才发现法林顿还没走,于是又抬起头来说:

"哎,你准备在这儿站一天吗?我说,法林顿,你也太不把你的工作当回事了吧!"

"我在等着看……"

"够啦,你不必等着看什么了。赶紧下楼干你的活去。"

法林顿垂头丧气地向门口走去,刚走出房间,就听到奥莱恩在身后喊道:

"要是晚上还没抄好合同,我就只能把这件事告诉克罗斯比先生了。"

法林顿回到楼下,重新在自己的办公桌前坐下,拿出要抄的合同纸数了数。他拿起笔,蘸上墨水,却没有下笔,只是目光呆滞地看着他刚才写下的最后字句:"在任何情况下,上述伯纳德·鲍德利都不得……"

天渐渐黑了,几分钟后他们就会点上煤气灯,那时他就可以抄写了。他觉得自己眼下最应该做的,首先是解除喉咙干渴的问题。于是他再次站起来,像刚才那样掀开柜台板,向办公室外走去。这时,他发现主任正望着他,一脸疑惑。

"没什么事,雪莱先生。"他说,一边用手指指出他要去的地方。

主任瞥了一眼帽架，看到那里的帽子都在，就没再过问。法林顿刚走到楼梯口，就从口袋里掏出一顶帽子，那是一顶牧人常戴的苏格兰呢便帽。他把帽子戴到头上，然后急匆匆地跑下摇摇晃晃的楼梯。出了临街的大门，他就沿着人行道的内侧，偷偷摸摸地走到街口的拐角，飞快地窜进了那里的一个门廊。门廊里是奥尼尔酒店昏暗的私室，一进来，他那张紫红的脸就紧紧地贴着临向酒吧柜台的小窗，叫道：

"嘿，帕特，老伙计，给我来杯黑啤酒。"

对方很快给他端来一杯纯正的黑啤酒。法林顿接过杯子，一饮而尽，然后又要了一粒茴蒿籽。他掏出一个便士放在柜台上，也不管对方能不能看见，就像进来时那样，悄悄地溜了出去。

他出来时，二月的黄昏已经被黑夜的迷雾取代，尤斯泰斯大街上的路灯已经亮了。法林顿走过一幢幢房子后进入单位大门，心里想着自己能不能在下班前抄完那份合同。一走上楼梯，他就闻见了一股湿润的浓烈的香水味：很明显，在他外出奥尼尔酒店时，德拉科尔小姐来了办公室。他快速地摘下帽子，把它塞进口袋，然后若无其事地走进了办公室。

"你去哪儿啦？奥莱恩先生一直在找你。"主任严厉地说。

法林顿瞥了一眼柜台旁边站着的两个顾客，好像暗示有他们在场不便回答。主任见那两位顾客都是男的，便冷笑了一下。

"我清楚你那种鬼把戏，"他说，"但一天五次也太……算了，你最好快点找出有关德拉科尔案件的信件，抄好后赶紧给奥莱恩先生送去。"

当着顾客的面被训斥了一番，加上他刚才急匆匆地跑步上楼和之前喝了杯急酒，法林顿的心又慌又乱，当他坐在办公桌前开始抄写时，他才意识到他根本不可能在五点半之前抄完那份合同。

夜晚带着黑暗的潮湿渐渐来临，在他看来，只有在酒吧才能打发这样的夜晚，那里有明亮的煤气灯，酒杯在灯光下晃动着碰撞，朋友们坐在一起开怀畅饮。他很快找出了有关德拉科尔的信件，前往奥莱恩先生的办公室。他在心里祈祷，祈祷奥莱恩先生不会发现缺了最后两封信。

法林顿一迈上通往二楼奥莱恩先生办公室的楼梯，先前闻到的那种湿润而浓烈的香水气味就扑面而来。德拉科尔小姐是个中年妇女，看上去像犹太人。据说奥莱恩先生喜欢巴结她，或者说喜欢巴结她的钱更恰当一些。她常常来办公室，而且一来就待好久。眼下，奥莱恩先生的办公桌的旁边，就坐着浑身散发着浓郁香气的德拉科尔小姐，她一边抚摸着她的伞把，一边点头，帽子上的大黑羽毛也跟着一颤一颤的。奥莱恩先生坐在椅子上，面对着她，悠然自得地将右脚架上了左膝。法林顿把信件放在办公桌上，恭恭敬敬地向他们弯腰致意，可他俩压根没搭理他。奥莱恩先生用手指敲了敲信件，冲他挥了挥，仿佛是说："行了，你可以走了。"

法林顿回到楼下的办公室，又坐回办公桌前。他愣愣地盯着面前不完整的句子："在任何情况下，上述伯纳德·鲍德利都不得……"他惊奇地发现，后三个词竟然都是字母"B"开头。主任在催促帕克小姐，训斥她总是不能及时把信件打出来邮寄。法林顿听着打字机的嗒嗒声，神游了几分钟，才开始抄写他的合同。但此时他的脑子里乱糟糟的，他的心早就跑到灯火辉煌、杯盘叮当的酒店中去了。这样的夜晚就该喝点潘趣酒（用葡萄酒与果汁、牛奶、茶和糖调整而成）才是啊。他抄啊抄，写得很卖力，但到五点钟的时候，他发现还有十四页没抄写完。该死！看来他是没法按时完成这项工作了。他心里突然冒出一股强烈的愤怒，他想大声咒骂，或是用拳头使劲砸东西。这种愤怒让他昏了头，居然把"伯纳德·鲍德利"写成了"伯纳德·伯纳德"，害得他不得不把那页重抄一遍。

此时，他觉得自己的精力特别充沛，一个人就可以摧毁整个办公室。他的身体特别想干点什么，想要冲出去和人大干一场。生活给予他的种种屈辱在这一刻都汇集起来，激起了他的怒火……他在想能不能请出纳员私下给他预支点工资？不行，出纳员懦弱胆小，简直无用极了，他决不会预支给他的……他知道去哪里能和那帮弟兄碰头：利奥纳德、奥豪劳恩和努赛·弗林。他的冲动达到了顶点，似乎不来一次纵情的发泄是绝对不行的。

他想这些想得出神，有人叫他竟然都没听到，等别人再次叫他时，他才回过神来。奥莱恩先生和德拉科尔小姐正站在柜台外面，所有的职员都转过身来看着他，预感到某种事情即将发生。法林顿刚站起身来，奥莱恩先生的咒骂就接连不断地传来，说是少了两封信。法林顿说他不知道这是怎么回事，他完全是如实照抄的。奥莱恩先生显然不相信他的话，咒骂没有停止，反而愈演愈烈，而且言辞十分刻薄而激烈，法林顿用尽全力拼命控制着自己，才没让自己的拳头砸向面前这个矮冬瓜的脑袋。

"我根本不知道还有另外两封信。"他呆头呆脑地说。

"你——不——知道。你当然不知道,"奥莱恩先生说,"告诉我,"他说着瞟了一眼身边的女士,像是要从她那儿获得一点儿赞许似的,他继续说道,"你以为我是傻瓜吗?你以为我是个彻头彻尾的傻瓜吗?"

法林顿看看那位女士的脸,又看看那个长得像颗鸡蛋的秃脑袋,然后又把目光放回那位女士的脸上,嘴里突然冒出一句妙不可言的话:

"我觉得,先生,"他说,"你拿这样一个问题来问我真不太合适。"

听到这话,所有的职员都屏住了呼吸。人们惊呆了(说这句妙语的人也同样吃惊),而那位健壮、和蔼的德拉科尔小姐却乐得咯咯笑。奥莱恩先生的脸气得通红,看上去就像朵野玫瑰,愤怒使得他的嘴不停地抽搐,他看起来真像个盛怒的侏儒。他冲着法林顿挥动他的拳头,那样子看上去跟某种电机的球形旋钮颤动的样子真是像极了:

"你这个无礼的浑蛋!你这个无礼的浑蛋!我只消动动嘴就能收拾你!你等着瞧吧!你必须为你的无礼向我道歉,否则你就给我滚蛋!我告诉你,要么滚蛋,要么向我道歉!"

他站在办公室对面的过道里，等着看出纳员是否是一个人出来。他就那么等着，直到所有的职员都离开了，出纳员才和主任一起走出办公室。如果他和主任在一起，跟他说什么都没用。法林顿觉得自己的处境真是太糟糕了。因为刚才的无礼，他不得不低声下气地向奥莱恩先生道歉，可是他心里清楚，那样一来，整个办公室对他而言，就会变成一个马蜂窝。他记得奥莱恩先生是如何把小皮克逼走，让他的侄子坐上那个位子的。他再次感到愤怒在心中熊熊燃烧，烧得他口干舌燥，报复的念头充斥了他的大脑，他恼恨自己，恼恨这里的每一个人。从此以后，奥莱恩先生会让他没有片刻安宁的，他今后的日子将像生活在一座地狱一样。这次他可当了一回彻彻底底真正的傻瓜，他怎么就控制不了自己的舌头呢？不过话说回来，他跟奥莱恩先生一开始就合不来，自从奥莱恩先生听到他与希金斯和帕克小姐聊天，拿他的爱尔兰北部口音开玩笑那天开始，他们之间就产生了隔阂。他本可以找希金斯借些钱的，可希金斯肯定拿不出一分钱来。他一个人要养两个家，当然不可能……

他感觉他那魁梧的身躯又在渴望酒店里的舒适。夜雾已经开始令他感到寒冷，他不知道自己能否成功地向奥尼尔酒店的帕特借点钱。他最多只能借给他一个先令——可一先令一点用也没有。他很清楚当下他必须弄到点钱才行：他最后一个便士已经花在了那杯黑啤酒上，天色一晚就没有任何地方可以弄钱了。突然，他的手指摸到了他的表链，弗利特大街上的特里·凯利当铺出现在他的脑海里。对，就这么办！要是早想到这办法就好了。

他快速穿过坦普尔酒吧狭窄的小巷，嘴里小声地嘟囔着，那些烦人的家伙全他妈的可以滚了，因为他要痛痛快快地过一个夜晚。特里·凯利当铺的职员说："值一个银元（一个银元相当于五个先令）！"但当的人坚持要六个先令；最终当铺的职员给了他六个先令。他高高兴兴地离开当铺，把硬币垒成一个小的圆柱，夹在拇指和其他手指之间把玩。

在威斯特摩兰大街的人行道上，拥满了下了班的青年男女，衣衫破破烂烂的报童穿梭其中，叫卖着各种晚报。法林顿穿过熙熙攘攘的人群，得意扬扬地观看街上的景象，神气傲慢地盯着那些走在街上的年轻女职员。他的脑袋里满是有轨电车的叮当声和无轨电车的哩哩声，他的鼻子已经闻到了缭绕的酒气。他一边向前走着，一边在脑子里组织词句，好让他给他的伙伴们讲述今天发生的这件事：

"于是，我就看着他——很冷静地看着他，你们懂的，然后又看看她。接着又回过来看着他——一点儿也不慌张，你们懂的。然后，我就对他说，'你拿这样一个问题来问我真不太合适。'"

在戴维·勃恩酒店，努赛·弗林坐在他常坐的那个角落里，当他听完故事后，向法林顿敬了半杯酒，说这个故事是他听过的故事中最有趣的。法林顿回敬了他一杯。过了一会儿，奥豪劳恩和帕迪·利奥纳德来了，法林顿又绘声绘色地给他们讲了一遍那个故事。奥豪劳恩请大家喝了一杯热饮，然后讲起他在佛恩斯街卡伦公司时和主任顶嘴的故事；不过，由于他的顶嘴采用的是田园诗中自由牧童的方式，因此他的顶嘴可没有法林顿那么巧妙，他自己也承认这点。听完这话，法林顿就提议大家干掉杯中酒，好再来一杯。

正当他们又在点各自喜欢的烈酒时，来了一个人，这个人竟是希金斯！当然，他加入了这个队伍。在大家的要求下，他又绘声绘色地讲述了一遍法林顿的那个故事，他讲得非常生动，或许是眼前的五小杯威士忌很好地刺激了他的神经，当他学着奥莱恩先生的样子在法林顿面前挥舞拳头时，逗得每个人都哈哈大笑。接着，他又模仿法林顿的声音说："照我拍的地方打，随你的便。"而法林顿看着大家，醉眼浑浊面带微笑，不时用下唇吮掉挂在胡须上的酒滴。

那轮酒喝完之后，大家没再要酒了，奥豪劳恩还有钱，可其他几人身上已经没什么钱了；于是大家只好意犹未尽地离开酒店。在杜克大街的拐角，希金斯和努赛·弗林斜向左边去了，其他三个人又折回了城里。天飘起了毛毛细雨，让夜雾笼罩中的街道更加寒冷，当他们走到压舱物管理处时，法林顿提议去苏格兰酒家喝一杯。

酒吧里挤满了人，各种口音嘈杂一片，到处都是碰杯的声音。三个人费力地越过门口那些叫卖火柴的小贩，挤到柜台的一角坐下。他们又开始轮流讲故事。利奥纳德给他们介绍了一位叫韦瑟斯的年轻人，他在提沃利戏院表演杂技，还在其他地方跑龙套。法林顿请大家点酒。韦瑟斯说他想喝一小杯爱尔兰威士忌，加苏打水的那种。法林顿是个酒里行家，一听就知道他要的是什么，便问其他人是否也来一杯；不过其他人却决定来点热酒。有了韦瑟斯的加入，谈话开始变得富有戏剧性。奥豪劳恩请大家喝了一圈，接着法林顿又请大家喝了一圈，而韦瑟斯抗议他们的热情好客太爱尔兰化了。他许诺带他们去幕后，还要介绍一些漂亮姑娘给他们。奥豪劳恩说他和利奥纳德会去的，但说法林顿不会去，因为他结婚了。法林顿用他浑浊的醉眼斜瞥了他们一下，好像在说他知道他们在取笑他。轮到韦瑟斯请酒时，他只是请大家喝了一小杯药酒，不过随即他许诺说等下还要去普尔贝格大街的缪利根酒店，他们可以在那里见面再喝。

苏格兰酒家关门之后，他们又去到缪利根酒店。他们走进后面的酒厅，奥豪劳恩请大家喝了一小杯特制的烈酒。他们都感到自己有些醉了。正当法林顿要请大家再喝一杯时，韦瑟斯回来了。他这回只要了杯苦啤酒，这让法林顿大大松了一口气。钱如流水般花掉了，但幸好剩下的钱还够他们喝一阵子。

这时，两个头戴大檐帽的年轻女子走了进来，陪她们进来的还有一个穿着花格西装的年轻男人，他们在旁边的一个桌子边坐下了。韦瑟斯和他们打了个招呼，告诉大家他们是从提沃利戏院来的。法林顿的目光时不时停留在其中一个年轻女子的身上。那女子生有一张楚楚动人的面孔，一条孔雀蓝薄纱大头巾围着她的帽子，在下巴处打了一个大大的蝴蝶结；她手上戴着一副长及肘部的明黄色的手套。法林顿满含爱慕地盯着她那丰满的胳膊，它们移动起来真是优雅。她似乎发觉了他的注视，所以过了一会儿，她也回望着他，她那双深褐色的大眼睛更让他着迷，那婉转凝眸的神情迷得他神魂颠倒。她看了他一两次，当她和她的伙伴离开时，不小心碰到了他的椅子，于是她用伦敦口音说了声："哦，真是抱歉！"他望着她离开，期望她能回头看他一眼，不过他失望了。他怨恨自己没钱，怨恨自己不该请人喝那么多酒，尤其是不该请韦瑟斯喝加苏打水的威士忌。在这世界上，他最恨那些蹭酒喝的人。他被这种懊悔的情绪气昏了头，都没注意听他的朋友们在谈些什么。

等帕迪·利奥纳德叫他，他才回过神来，发现大家在谈论臂力。韦瑟斯正在那儿展示他坚实的二头肌，吹嘘他的力气多么大。因此其他两个人便呼吁法林顿来维护爱尔兰民族的荣誉。于是法林顿也卷起衣袖，绷起二头肌给大家看。大家比着看了看两条胳膊，一致认为他们应当来一场臂力的较量。随即，桌子上的杯子被拿走，两个人把臂肘搭在上面，两只手紧握在一起。帕迪·利奥纳德说声"开始!"两只手腕便开始使劲，努力要把对方的手压倒在桌上。法林顿脸色非常严肃，一副他一定要赢的样子。

较量开始后，大约僵持了三十秒钟，韦瑟斯就慢慢地把对方的手压倒在了桌上。输给这样一个年轻人，法林顿又羞又怒，深酒色的脸变都成了红黑色。

"你不能把身体的重量压在手腕上，这是犯规。"他说。

"谁犯规啦?"另一个说。

"那就再比比。三局两胜。"

于是两人又开始再一次的较量。因为拼命使劲，法林顿额上的青筋暴出，韦瑟斯苍白的面容也红得像朵红牡丹。双方的手和胳膊因为承受巨大的压力而不住颤抖。经过一番长时间的拼搏，韦瑟斯再次压倒了对方的手。观看这场较量的人低声为他们喝彩。酒保站在桌边，冲胜利者点着他那颗红脑袋，口吻亲切地说：

"瞧瞧！这就是真本事！"

"你他妈的懂什么？"法林顿冲着酒保凶狠地吼道，"这里还轮不着你插嘴！"

"嘘，嘘！"奥豪劳恩连忙阻止说，他已经注意到法林顿脸上的狂怒，于是接着说道："差不多了，伙计们。再来一小杯，我们就该走了。"

在奥康奈尔桥的拐角处，站着一个脸色阴沉的男人，他在等着开往桑迪蒙特的单节电车来载着带他回家。难以抑制的愤怒和复仇心理充斥着他的心，他觉得他再次被折辱了，他有一肚子的不满和怨气。此时，他一点儿醉意都没有，可他的口袋里只剩下了两个便士了。他诅咒一切。他在办公室的工作已经毁了，他当了表去喝酒，可花光了钱却连醉的感觉都没有。他又开始感到口干舌燥了，他渴望再次回到温暖喧闹的酒店中去。一想到他两次输给一个乳臭未干的毛头小子，从此以后大力士的名声也没了时，他的心里就充满了怒气。尤其是当他想到那个戴大檐帽的女人、那个蹭了他并对他说"真是抱歉"的女人时，他的愤怒简直让他喘不过气来。

到了谢尔本路，他走下了电车，拖着魁梧的身躯，沿着棚屋墙的阴影向前走去。他讨厌回家。当他从侧门进去后，发现厨房里什么都没有，炉火也快要熄灭了。他冲着楼上吼道：

"艾达！艾达！"

他妻子是个五官清晰的小个子女人。她在丈夫清醒时常常对他呼来喝去，可每当丈夫喝醉了，她就会忍气吞声。他们有五个孩子。一个小男孩从楼上跑了下来。

"谁？"法林顿在黑暗中张望。

"是我，爸爸。"

"你是谁？查理吗？"

"不是，爸爸，我是汤姆。"

"你妈妈呢？"

"她去教堂了。"

"哦……那她给我留晚饭了吗？"

"有的，爸爸。我——"

"你怎么不点灯。黑乎乎的什么也看不见。别的孩子都睡了吗?"

叫汤姆的孩子便跑去点灯，法林顿把自己的身体重重地摔进了一把椅子里。他开始模仿着儿子平平的音调，像是半对儿子半对自己似的说道："去教堂了，去教堂了!"

这时，灯点亮了，他突然一拳砸在桌子上，喊道:

"晚饭给我吃什么?"

"我这就去……做，爸爸。"小男孩说。

他怒气冲冲地从椅子上跳起来，用手指了指炉火。

"在那火上做吗? 你把火都弄灭了怎么做! 看来我得好好教训你一番了!"

他说着一步跨到门口，抓起放在门后的拐杖。

"我叫你把火弄灭，我叫你把火弄灭!"他一边说，一边卷起袖子，好使胳膊能自由挥舞。

小男孩大声哭喊着："别打我，爸爸！"

他一边求饶一边绕着桌子跑，想要躲开父亲的追打，可没跑几步，他就被抓住了。小男孩惊慌四顾，发现自己已经无路可逃，于是绝望地扑通一声跪倒在地上，拐杖便如雨点般落在他的身上。

"哼，看你还敢不敢把火弄灭！"法林顿一边说，一边使劲用拐杖打他，"看我打不死你这个小兔崽子！"

孩子的屁股被拐杖打破了，疼得他发出一连串的尖叫声。他举起双手，攥起拳头，声音因为恐惧而颤抖着，他哭喊道："别打我，爸爸！

"别打我了，爸爸！我……我会为你祈祷'万福马利亚'……只要你不打我，我就为你祈祷'万福马利亚'，爸爸……我会祈祷'万福马利亚'……"

死者

看楼人的女儿莉莉真是忙得脚不沾地，她才领着一位先生进入到底层营业所后面的餐具间，帮他脱掉大衣，门铃就又响了起来，她不得不匆匆跑过空荡荡的过道，去开门迎接另一位客人。幸亏那些女客人不用她接待。凯特小姐和朱莉娅小姐显然是早就料到了这一点，于是她们把楼上的浴室改成了女客们的化妆间。

此刻，凯特小姐和朱莉娅小姐就坐在那个化妆间里，嘻嘻哈哈地聊着天，有事没事地瞎忙和，还时不时走到楼梯口，靠着扶手栏杆往下张望，大声呼喊莉莉，问她来的是谁。

摩根家的几位小姐每年都会举办一次舞会，这向来都是一件大事。她们会邀请所有她们认识的人前来参加，这其中包括家庭的所有成员，家人的老朋友，朱莉娅唱诗班里的成员，凯特教过的一些已经长大成人的学生，甚至玛丽·简的一些学生有的也会前来。

她们的舞会每一次办得都很成功。人们还记得，这舞会开了好多年了，一次比一次精彩。自从哥哥帕特死后，凯特和朱莉娅就带着玛丽·简——她们唯一的侄女儿，搬离了斯托尼·巴特的那幢房子，住进了阿雪岛上的这幢幽暗、冷落的房子里，就再也没有离开过。她们从楼下做粮食生意的富勒姆先生手里租下了楼上的这一层，已经住了足足三十个年头了。玛丽·简那时候还是个穿短衫裤的小姑娘，如今已经成为这个家的顶梁柱了。海丁顿街上的那架管风琴就归她享有。她已经从音乐学校毕业，不过每年她都要在老音乐厅的楼上开一次学生演奏会。她的学生中许多都是金斯顿和达尔基一带上流阶层的子女。她的姨妈们虽然上了年纪，却都还在卖力工作。朱莉娅的两鬓都已经斑白了，可她仍然担任着"亚当与夏娃"唱诗班的第一女高音；凯特，因为身体虚弱，不能再到处奔波，就在后屋那架老式方型大钢琴上给启蒙学生教教音乐课。看楼人的女儿莉莉，则包揽了她们家女仆的活儿。

虽然她们生活简朴，却坚持在吃上要讲究，食物一定得买最好的：牛里脊肉要带菱形骨头的，茶叶要三先令一磅的，黑啤酒要喝那种瓶子最好看的。莉莉照吩咐做事，很少出差错，所以她跟三位女主人处得还不错。她们就是爱瞎忙活，如此而已。对于莉莉，三位女主人唯一不能忍受的就是她喜欢跟她们顶嘴。

当然，在这样一个晚上，她们有理由在那里大惊小怪地瞎忙活。早就过了十点钟，可加布里埃尔和他妻子还没出现。此外，她们还担心弗雷狄·马林斯会喝得醉醺醺地前来。她们可不想玛莉·简的任何一个学生看见他那副醉醺醺的模样；而且他一喝醉，就变得不受控制。弗雷狄·马林斯迟到倒不是什么稀奇事，但加布里埃尔还没来，就让她们很奇怪了，她们猜想他可能是被什么事绊住脚了。于是，每隔两分钟，她们就要走到楼梯扶手处，问莉莉加布里埃尔或是弗雷狄来了没有。

"噢，康罗伊先生，"莉莉为加布里埃尔开门时对他说，"凯特小姐和朱莉娅小姐还以为您不会来了呢。晚上好，康罗伊太太。"

"我就知道她们会这么想的，"加布里埃尔说，"可是她们忘记了，我这位太太每次出门前，都得花三个钟头来打扮自己啊。"

他站在擦鞋垫上，努力想蹭掉他套鞋上的雪，而莉莉则领着他妻子去了楼梯口，冲上面喊了一声："凯特小姐，康罗伊太太来了。"

凯特和朱莉娅听到后，便马上蹒跚着走下幽暗的楼梯。她俩依次亲吻了加布里埃尔的妻子，说她肯定给冻坏了，随后她们又问加布里埃尔是否跟她一道来了。

"我在这儿呢，我可是跟邮件一样准时呢，凯特姨妈！你们先上去吧，我马上就来。"加布里埃尔在暗处大声说。

三个女人说说笑笑着，朝楼上女化妆室走去，加布里埃尔还在那儿继续使劲蹭他的鞋。薄薄一层雪覆盖在他的肩膀上，就像给他的大衣加了一条白色的披肩；雪还覆盖在他的套鞋上，看起来就像鞋头上的花纹；当他解开冻硬的粗呢大衣上的纽扣时，甚至发出了咯吱咯吱的声响，就连他衣服的缝隙和褶皱中，也透出一股清冽的寒气来。

"雪还没停吗，康罗伊先生？"莉莉问。

她领着他走进餐具间，帮他脱掉身上的大衣。加布里埃尔听她称呼自己姓时发出的那三个音节，微微笑了笑，瞅了她一眼。她是个身材细长的姑娘，应该正在长个儿，脸色有些发白，头发像干草那样黄。在小房间里的煤气灯的照耀下，她的脸色好像显得更苍白了。加布里埃尔还记得她小时候的样子，她总是抱着个破布娃娃坐在楼梯口。

"对，还在下呢，莉莉，"他回答，"没准儿会下一整夜呢。"

他抬起头，望了望餐具间的天花板，天花板被楼上脚步的踢踏和拖曳震得直晃动了，他竖起耳朵听了一会儿钢琴声，然后又瞅瞅莉莉，她正在那儿仔细叠着他的大衣。

"嘿，莉莉，"他很和气地问道，"你现在还上学吗?"

"噢，不上了，先生，"她回答，"我今年开始不上学了，以后也不会上学了。"

"是吗?"加布里埃尔快活地说，"看来我们很快就要去参加你和某个年轻小伙儿的婚礼了，是吧?"

女孩抬起头瞥了他一眼，口气忿忿地说:

"现在的男人都只会说好听话，占尽你的便宜。"

听了这话，加布里埃尔脸红了，感觉自己好像说错了话，不敢再看莉莉，于是，他不再说话，只是脱下自己的套鞋，然后用他的厚手套擦着他的漆皮鞋。

加布里埃尔是个健壮的年轻人，个子很高。他脸颊上红润的血色甚至向上延展到他的额际，在那儿散成几小块淡淡的红斑；他的脸刮得干干净净的，鼻梁上架着一副金丝眼镜，遮挡住了他那双灵敏的、四处转动的眼睛，只看见眼镜上光洁的镜片和铮亮的镀金框架闪闪发亮。他有一头富有光泽的黑发，它们从中间分开，又长又弯地梳向耳后，在帽子压过的地方，头发有些轻微的卷曲。

直到把鞋子擦得锃亮，他才站直身子，把背心向下拉一拉，使它更贴身地罩在他丰满的躯体上。然后他迅速从口袋里地掏出一枚硬币来。

"喔，莉莉，"他一边说，一边把硬币塞进她手里，"过圣诞节了，不是吗？不过是……一点小意思……"

说完，他迅速向门外走去。

"噢，不，先生！"女孩子跟在后面，大声叫他，"真的，先生，我不能要。"

"过圣诞节！过圣诞节！"加布里埃尔一边说，一边小跑着奔上楼梯，同时向她挥挥手，示意她把钱收下。

莉莉见他已经上了楼梯，便在他身后大声地说：

"那么，谢谢您了，先生。"

他站在客厅门外，等着客厅里那支华尔兹结束，听着衣裾扫过门边和脚步在地板上拖动的声音。他又想到了莉莉那句忿忿的回话，这仍然使他感到不安，让他感到莫名的抑郁。他拉拉自己的袖口，又整一整脖子上的领结，试图驱散这种抑郁。然后他从背心口袋里掏出一张小纸片，仔细看了看，那上面是他为这次演讲列的提纲。他还没想好要不要引用罗伯特·勃朗宁的几句诗，因为他怕听众听不懂这些字眼。他想，或许他应该引用几段莎士比亚或是歌曲集上的话，这样听众对那些或许会更熟悉一些。听着这些人粗鲁地顿脚和鞋底在地板拖曳的声音，他突然意识到，他们受文化教育的程度和他不同，如果他引用他们听不懂的诗，只会让自己陷入尴尬。他们可能会想，他是在炫耀他受过高等教育。这样一来，他和他们就没法交流，就像他在楼下餐具间里跟那个姑娘没法交流一样。他定错了调子，他准备的整个演讲都不合时宜，他觉得这真是太失败了。

这时候，他的姨妈和他的妻子走出了女客化妆室。他的姨妈是两个身材矮小、衣着朴素的老妇人。

朱莉娅姨妈大约高上一英寸左右。她的头发已经灰白，向下披着盖住耳朵尖；她那张大脸也是灰白色的，但颜色比头发要深一些，脸上的皮肤看上去也十分松弛。虽然她身体结实，站姿端正，但她的眼睛显得呆板迟钝，微微张开着的嘴唇，让她看起来很迷茫的样子，似乎不知道自己身在何处，也不知道该往哪儿去。

相比之下，凯特姨妈就要有生气一些。她的脸色比她妹妹的脸色好一些，虽然皱纹和褶子布满了她的整张脸，看上去就像一只干巴巴的红苹果，不过她的头发是那种还没有失去成熟的胡桃颜色，被编成了一个老式的发型。

她俩都疼爱地吻了加布里埃尔。他是她们心爱的外甥——死去的姐姐爱伦的儿子，她的丈夫是港口船坞公司的特·捷·康罗伊。

"格莉塔告诉我，你们今天晚上不打算坐出租马车回蒙克斯顿了，是吗，加布里埃尔？"凯特姨妈问道。

"是的，不回去了，"加布里埃尔说着，把身子转向她的妻子，"我们去年可吃了大苦头了，不是吗？凯特姨妈，你都不知道那天格莉塔被冻得有多惨。一路上马车的窗户都被风刮得哗啦啦直响，车到了梅里翁后，东风更是拼命往车里灌，可把我们冷得够呛。格莉塔因此得了重感冒。"

凯特姨妈皱着眉听着，表情严肃，他说每句话她都点一次头。

"就该这样，加布里埃尔，就该这样，"她说，"小心点总是没错的。"

"可要是格莉塔来说，"加布里埃尔说，"只要没人拦着她，她肯定愿意顶着风雪走回家去。"

康罗伊太太笑了。

"别听他瞎说，凯特姨妈，"她说，"他就是这么烦人，他总是要在晚上用绿灯罩，说是为了保护汤姆的眼睛，又逼着他练哑铃，还强迫伊娃吃麦片粥呀什么的。可怜的孩子！她一看见麦片粥就烦！……哦，你们肯定想不到，他逼着我今天晚上穿什么衣服？"

康罗伊太太说着咯咯地笑了起来，她瞥了一眼她的丈夫，发现他正用一双饱含爱慕的眼睛盯着她的衣服，然后又把目光上移到她的面孔和头发上。两位姨妈也露出了亲切的笑容，因为她们深知加布里埃尔的婆婆妈妈的作风，常常为这个笑话他。

"套鞋！"康罗伊太太说，"这是最近才出的一个玩意儿。只要路面有点潮湿，我就得穿上套鞋。甚至今天晚上，他也要我穿上套鞋，我坚决不肯。我看，下次他就该给我买套潜水服了。"

加布里埃尔尴尬地笑着，然后拍了拍领结，试图让自己沉着一点。凯特姨妈已经被这个笑话逗乐了，她笑得都直不起腰来了。朱莉娅姨妈笑了一会儿，脸色又重新变得严肃，她用一双直勾勾的眼睛看着她外甥的脸庞。停了一会儿，她问：

"什么是套鞋呀，加布里埃尔？"

"套鞋？朱莉娅！"她的姐姐凯特惊讶地说，"天哪，你居然不知道什么是套鞋？它……它是穿在靴子外面的东西，格莉塔，对吧？"

"是的，"康罗伊太太说，"它用古塔胶做的。我们俩各自有一双了。加布里埃尔说欧洲大陆的人都喜欢穿它。"

加布里埃尔拧起眉头，好像有点恼怒：

"这没什么奇怪的，可格莉塔就是觉得很好笑，她说，'套鞋'这个词总让她想起克瑞斯蒂剧团（那是美国人乔治·克瑞斯蒂于十九世纪在纽约创办的一种剧团，由白人扮演黑人演唱黑人歌曲，这个叫法一直延续到二十世纪初）那些滑稽的演员。"

"可是，告诉我，加布里埃尔，"凯特姨妈思路敏捷、措词得体地说，"你应该订好房间了吧，我听格莉塔说……"

"噢，房间的事您不用担心，"加布里埃尔回答道，"我已经在格列沙姆订了一个房间。"

"哦，是吗？"凯特姨妈说，"那可真是太好了。还有孩子们呢，格莉塔，你不担心他们吗？"

"哦，就一个晚上嘛，"康罗伊太太说，"再说，贝茜会把他们照顾得很好的。"

"说实话，"凯特姨妈又说了，"有她那样一个尽心尽责的保姆该多省心啊！你瞧瞧我这儿的那个莉莉，也不知道她这阵子怎么了，跟以前比真是完全变了个样。"

加布里埃尔正想向姨妈问问莉莉的情况，但她突然停住话，转头注视着正晃晃悠悠下楼的妹妹朱莉娅，只见她一边往下走，一边从楼梯扶手上伸长脖子朝下望。

"茱莉娅，我问你，"她几乎是烦躁地说，"你这是要上哪儿去？朱莉娅！朱莉娅！你上哪儿去呀？"

朱莉娅已经走到楼梯的中间了，然后她又回来了，不动声色地报告说：

"弗雷狄来了。"

与此同时，客厅传来一阵掌声，在掌声中钢琴手弹完了最后的装饰性乐段，这宣告着华尔兹舞结束了。客厅门从里向外打开，几对舞伴从里面走了出来。凯特姨妈急忙把加布里埃尔拉向一边，在他耳边低声说道：

"加布里埃尔，好孩子，麻烦你下楼瞧瞧去，看他对不对头，要是他喝醉了，千万别让他上楼来。我敢说他喝醉了。肯定是这样。"

加布里埃尔走到楼梯口，靠在扶手栏杆上，竖起耳朵听楼下的动静。他听见有两个人在餐具间说话。然后他听到了弗雷狄·马林斯的笑声。于是，他咚咚咚地快步走下楼去。

"有加布里埃尔在这儿，真是让人放心，"凯特姨妈对康罗伊太太说，"有他在这儿，我心里总是轻松点儿……朱莉娅，瞧，得让戴丽小姐跟鲍尔小姐吃点儿点心才行。戴丽小姐，谢谢您，您刚才弹的华尔兹舞曲真是动听极了，真叫人觉着愉快。"

一个面容干瘪的高个子男人正从客厅走出来，他留着一撮硬挺的灰白小胡髭，皮肤黝黑，旁边跟着的是他的舞伴。男人走到她们跟前，说道：

"我们也可以来点儿点心吗，摩根小姐？"

"朱莉娅，"凯特姨妈立即说，"这是布朗先生和弗朗小姐。朱莉娅，你陪着他们跟戴丽小姐和鲍尔小姐一道去吃点儿吧。"

"我是个讨女士们喜欢的人。"布朗先生说，并撅起他的嘴巴，撅得小胡子都翘直了。此刻，他正笑着，笑得满脸都是皱纹，他说："您知道，摩根小姐，她们之所以那么喜欢我，就是因为……"

他下面的话没说出来，因为他发现凯特姨妈根本听不清他在说什么，于是马上就陪三位女客往后屋去了。在后屋中间，两张方桌拼在一起，朱莉娅姨妈正和看门人合力拉直一张大台布，然后把它平铺在桌子上。餐具柜上整齐地摆放着一排排杯盘碗碟，还有一束束的刀叉和汤匙。方型大钢琴被合上了盖子，好拿它的顶部当餐具柜用，上面摆放着多种多样的菜肴和甜食。在屋角一只小些的餐具柜前，站着两个年轻人，他们正在喝苦味蛇麻子啤酒。

布朗先生领着那三位女士去了小餐具柜前，开玩笑地请她们三位都尝点儿女宾用的混合甜饮料，又热，又浓，又甜。但她们说她们从没喝过烈性的饮料，于是他为她们开了三瓶柠檬水。然后他请其中一位年轻人让一让，拿起有玻璃塞的细颈酒瓶，给自己斟了一杯满满当当的威士忌。年轻人盯着他，看他喝了一口酒，目光中满是钦佩。

"上帝帮忙，"他笑眯眯地说，"这是我的医生嘱咐我喝的。"

他干瘪的脸上浮现出灿烂的笑容，三位女士都被他的话逗笑了，笑得前后摇晃着身子，肩膀直抖。其中一位女士大着胆子说：

"噢，布朗先生呀，我敢说医生才不会这么嘱咐你呢。"

布朗先生又喝了一口他的威士忌，侧身做了个鬼脸，说道：

"啊，你们瞧，我就是那位大名鼎鼎的卡西迪太太，她曾经说过：'喂，玛丽·格兰姆斯，要是我不喝，您就强迫我喝，因为我感觉我需要喝。'"

由于他向前探去的脸离女士们太近了，散发出灼人的热气，他那伪装出来的都柏林腔调也显得十分粗俗，所以这些年轻女士很本能地没有做出反应，都一声不吭。弗朗小姐是玛丽·简的一个学生，此时她转头问戴丽小姐她刚才弹的那支华尔兹舞曲叫什么名字；布朗先生发觉女士们不注意他了，便立即将脸转向两位青年，觉得他们和他可能更谈得来一些。

一位脸色红润、穿着紫蓝色衣裳的年轻女人走了进来，拍着手激动地喊道：

"跳四对舞了！跳四对舞了！"

凯特姨妈也跟着她走了进来，大声说：

"有两位先生和三位女士啊，玛丽·简！"

"哦，这是伯金先生和克里根先生啊，"玛丽·简说，"克里根先生，您愿意陪鲍尔小姐跳舞吗？弗朗小姐，让伯金先生做你的舞伴，怎么样？哦，这不就好了吗。"

"有三位女士呢，玛丽·简。"凯特姨妈提醒说。

两位年轻人过来邀请三位女士跳舞，玛丽·简转向戴丽小姐。

"噢，戴丽小姐，您弹的那两场舞曲真是太棒了，很抱歉，我们今天晚上的男舞伴太少了。"

"没关系的，摩根小姐。"

"不过我会给你介绍一个出色的舞伴的，他就是巴特尔·达西先生，那位男高音。晚点的时候我还要请他唱一曲。他现在可是整个都柏林谈论的对象呢。"

"漂亮的嗓子，漂亮的嗓子！"凯特姨妈说。

钢琴已经两次弹起第一节舞的序曲，于是玛丽·简赶紧带着她请到的几位客人走出屋子。她们刚出去，朱莉娅姨妈就慢腾腾地踱进来，一边走一边扭头朝身后望。

"你干什么呀，朱莉娅？"凯特姨妈急切地问，"是谁呀？"

朱莉娅手拿一卷餐巾纸进来，听见她姐姐的声音似乎吓了一跳，她支支吾吾地回答说：

"是弗雷狄，凯特，加布里埃尔陪着他呢。"

其实，加布里埃尔已经出现在她身后了，他正领着弗雷狄·马林斯迈上楼梯的最后一个台阶，来到了二楼。

弗雷狄·马林斯大约四十岁，身材个头都和加布里埃尔很相似，只是他的两个肩头要圆一些。他肥胖的脸没有一丝血色，只有厚厚的两只向下挂着的耳垂上和两扇鼻翼上有点红润。他相貌粗俗，鼻子很塌，额头高高凸起，突然又向后斜缩回去，嘴唇肿胀往外凸。他的眼皮厚厚的，使得眼睛看起来很呆板。头顶没几根头发，还都乱糟糟地耸立着，看起来就像刚从被窝里被人硬拉出来没睡醒的样子。上楼梯时，他正在给加布里埃尔讲一个故事，一讲到关键处，他就乐不可支，用他左手拳头的指关节来回擦着他的左眼。

"晚上好，弗雷狄。"朱莉娅姨妈说。

弗雷狄·马林斯向几位摩根小姐问候了"晚上好"，但态度算不上恭敬，因为他说话向来都是那样怪声怪气。随后，他看见了布朗先生，他正站在餐具柜边咧开嘴冲他笑，于是他就踉踉跄跄地走了过去，重新给他讲那个他刚刚讲给加布里埃尔的故事。

"他还不算太糟，是吗?"凯特姨妈对加布里埃尔说。

加布里埃尔拧起眉头，但很快又舒展开来，回答说：

"哦，是的，几乎看不出来。"

"他可真不招人喜欢，不是吗?"她说，"他可怜的妈妈可是在除夕晚上要他起过誓的。不过，走吧，加布里埃尔，咱们到客厅去。"

在她跟加布里埃尔迈出这间屋子之前，她皱皱眉头，竖起食指，冲着布朗先生来回摇晃，这是他们打的暗号，是凯特姨妈在提醒他一些事。布朗先生点点头，表示他知道了，等她一走，他便对弗雷狄·马林斯说：

"那么，弗雷狄，你得打起精神来，来一杯柠檬水怎么样?"

弗雷狄·马林斯正要讲到故事的关键处，于是他不耐烦地挥挥手，不听他的，然而布朗先生还是提醒他注意他的衣服有不整齐的地方，然后递给他满满一杯柠檬水。弗雷狄·马林斯伸出左手，接下玻璃杯，右手则忙着机械地调整着他的衣服。布朗先生再次笑得满脸皱纹，他给他自己的杯子又斟满了威士忌。这时，弗雷狄·马林斯的故事也快要进入高潮了，他突然爆发出一阵大笑，这笑声就像一个人在高声咳嗽似的，他放下那杯还没喝过的、满得溢出来的柠檬水，开始用他左手拳头的指关节来回擦着左眼睛，尽管他还没停住笑，但他还是极力要把他最后一段话再重复一遍。

在客厅里，大家都安静地听着玛丽·简演奏她学院式的曲子，曲子中满是速奏和困难的乐段，这真是让加布里埃尔听不下去。他喜欢音乐，但他觉得她弹的这首曲子没有什么优美的旋律，并且他还怀疑其他听众是否真的觉得这首曲子的旋律优美，虽然是他们请求玛丽·简弹的。

四个年轻人从吃点心的房间出来，听到钢琴声便停在门口听了一会儿，但几分钟后就两个两个地走开了。能够领略这音乐的似乎只有两个人，一个是玛丽·简自己，她的两只手飞速地敲击着不同的琴键，或是在停顿的间歇高举着双手，那模样就像一个女祭司在念着咒语；另一个就是凯特姨妈，她站在玛丽·简旁边为她翻乐谱。

在庞大笨重的枝型吊灯照耀下，涂满蜂蜡的地板闪闪发光，这强烈的光线刺激得加布里埃尔几乎睁不开眼睛，于是他把目光转向钢琴上方的墙壁上去。那儿挂着一幅画，画的是《罗密欧与朱丽叶》中阳台上的那一幕场景，旁边的那幅画是伦敦古堡中被谋害的两个王子，那是朱莉娅姨妈年轻时用红、蓝、褐三色绒线绣成的。大概在她们上的那所学校里，这类手艺是必须要学的。加布里埃尔记得有一年他过生日，他母亲曾给他做过一件紫色波纹毛葛背心，当做他的生日礼物。那件背心外面有小狐狸头花样，衬里是褐色段子，还搭配有深紫红色的圆形纽扣。不过说来奇怪，他母亲居然一点儿音乐天赋也没有，虽然凯特姨妈总是叫她摩根家的智囊。对于有这么一位气质高贵大方的姐姐，她和朱莉娅两人一直感到很自豪。

加布里埃尔母亲的照片就摆在穿衣镜前。照片中的她膝头上放着一本打开的书，正给康斯坦丁指着看书里的什么字句，他穿一身海军服躺在她脚边。儿子们的名字都是她指定的，因为她很在意整个家族的尊严。多亏她，康斯坦丁才能在贝尔布里根当高级牧师，也多亏她，加布里埃尔才能在皇家大学取得了学位。但他一想到她曾板着脸反对他婚姻的情景时，他的脸色就浮现出一丝阴郁。他至今仍能回想起从她嘴里吐出的那几个轻蔑字眼，这让他的心到现在都隐隐作痛；有一回她说格莉塔像个乡下人一样矫揉造作，这根本不是事实。在她生病卧床的最后时光里，都是格莉塔在照顾她。

他听到玛丽·简又重新弹起了开头时的旋律，每一小节后面都来一段溜音阶的速奏，心里明白这首曲子快要弹完了。在他等待曲子结束的期间，内心对母亲的怨恨渐渐消逝了。乐曲最后以一段高音部八度颤音和一段结尾的低音部八度音阶而告终。听众热烈地拍掌祝贺玛丽·简，她则红着脸，神经紧张地收起乐谱，从屋里逃似的跑出去。拍掌拍得最响的是站在门口的那四个年轻人，他们在曲子开始时离开去吃点心了，但等到琴声停止时又迅速出现在了门口。

接下来，开始安排大家跳四对舞了。加布里埃尔被安排给艾弗丝小姐做舞伴。艾弗丝小姐是个说话直来直去的健谈的年轻小姐，脸上有雀斑，棕黄色的眼睛有些往前凸。她没有像其他年轻小姐一样穿低领的紧身胸衣，但在衣服的领子正面别了一枚大大的胸针，上面刻有爱尔兰文题铭和格言。

当他们站好位置时，她突然对他说：

"我有件事情要问问你。"

"问我？"加布里埃尔有点疑惑。

她严肃地点点头。

"什么事情?" 加布里埃尔看着她一本正经的样子，不由自主地笑了起来。

"加·康是谁?" 艾弗丝小姐抬头看着他的眼睛。

加布里埃尔被她看得脸红了，正打算皱起眉毛，装作自己没听说过这个人，这时她直截了当地说道:

"哎，别装了! 你居然在给《每日快报》写文章呢。嘿，您难道不觉得害臊吗?"

"我干吗要害臊?" 加布里埃尔眨眨眼睛，试图挤出点笑容。

"我可替你害臊呢，" 艾弗丝小姐直率地说，"你怎么会给那种报纸写东西。我真没想到你会是个西布立吞人（古代盎格鲁－撒克逊人，曾入侵以前住在不列颠岛上的凯尔特族人，后被迫退入西部山地，逐渐形成近代威尔士人；也有一部分渡海迁居高卢的阿尔魔利卡。此处艾弗丝只是用这个词讽刺加布里埃尔的行为不像个爱尔兰人)。"

加布里埃尔脸上露出一丝懊恼。的确，每个星期三，《每日快报》文学评论栏都会登载他写的一篇文章，他因此能获得十五个先令的报酬。但不能因为这个就说他是一个西布立吞人啊。比起那点微薄的稿酬，他更喜欢的是那些送来让他评论的书。他喜欢抚摸新出版的书的封面，翻翻其中的书页。每天当他在学院里讲完课后，几乎都会去逛逛沿海码头一带的旧书店，去巴切勒路的希基书店、阿斯顿码头上的韦布书店或梅西书店，或是去附近一条小街道上的奥克洛希西书店。

他不知道该如何回应艾弗丝的指责。他想说，文学是超越政治的。然而，他们认识很多年了，他们有着相似的经历，先是读大学，后来当老师，所以他不敢和她讲什么大道理，那太冒险了。他继续眨巴眼睛，试图挤出一点笑容，笨嘴笨舌地嘟囔，说他实在看不出写书评和政治有什么关系。

轮到他俩转到对面去的时候，他还是一副惊慌不安的样子。这时，艾弗丝小姐热情地一把抓紧他的手，语气也显得温柔而友好起来：

"好啦，我是跟你开玩笑的。来吧。咱们该过去了。"

等他俩又跳到了一块儿的时候，她谈起了大学的问题，这让加布里埃尔顿时松了一口气。原来是她的一位朋友给她看了一篇加布里埃尔评论勃朗宁诗歌的文章，这样她才发现了他的秘密，不过对于那篇评论她是非常喜欢的。后来她突然说：

"噢，康罗伊先生，您今年夏天有没有去阿兰岛旅行的打算？我们要在那儿待整整一个月。去大西洋里小住上一些日子，真是不错的选择，你应该来。克兰西先生要来，还有基尔肯尼和凯斯林·卡尼。格莉塔愿意来的话再好不过了，我记得她是康诺特人，对吧？"

"她老家是在那儿。"加布里埃尔简短地回答道。

"您会参加的，对吗？"艾弗丝小姐说着，把她的一只温热的手热切地放在了他的胳膊上。

"事实上，"加布里埃尔说，"我已经安排了要上……"

"去哪儿？"艾弗丝小姐问道。

"啊，你知道的，我每年都和几个朋友出去兜一圈，这样可以……"

"你们去哪儿呢？"艾弗丝小姐问。

"啊，我们通常是去法国，也可能去比利时或德国。"加布里埃尔尴尬地答道。

"为什么你要去法国和比利时呢，"艾弗丝小姐说，"而不是选择在自己的国土上游历一番呢？"

"啊，"加布里埃尔说，"想要深入了解那几种语言是一个原因，另一个原因是我想换换地方呼吸一下其他国度的空气。"

"难道你就不想深入了解你自己的语言——爱尔兰语吗？"艾弗丝小姐的口气中含有质问的意味。

"啊，"加布里埃尔说，"这个啊，你知道，爱尔兰语并不是我的母语。"

他说完这话，发现其他人都转过头来看着他俩。加布里埃尔明显紧张起来，他东瞅瞅，西看看，额头上泛起了红晕，他努力想要克服心理的紧张，保持一个好的情绪。

"您难道没有自己的土地值得去游历吗？"艾弗丝小姐似乎不依不饶，她接着说，"还是说你对你的国家、你的人民、你的土地根本就一无所知？"

"噢，实话告诉你吧，"加布里埃尔突然怒气冲冲地说道，"我已经受够这些了，真是受够了！"

"为什么?"艾弗丝小姐问。

加布里埃尔没有回答,因为他发现自己的情绪过于激动了。

"为什么?"艾弗丝小姐又问一次。

到了他俩要加入大家一起跳舞的环节了,但是加布里埃尔还没有回答她的问题。于是艾弗丝小姐温和地说:

"当然咯,您没法回答。"

加布里埃尔努力想要掩饰自己的激动,于是他非常卖力地跳舞。他不再看她,因为他知道她处于愠怒中。然而当大家连成一串,而他又挨着她的时候,他吃惊地发现他的手被她紧紧地抓住了。她的眼睛从眉毛下看着他,眼神十分古怪,直看得他露出尴尬的微笑。然后,正当排成一串的人要重新散开时,她踮起脚尖,悄悄在他耳边说了句:

"西布立吞人!"

四对舞跳完了,加布里埃尔走得远远的,他向远处的一个角落走去,那里正坐着弗雷狄·马林斯的母亲。她是一位身材矮胖、身体虚弱的老太太,头发已经全白了。她的嗓音也有点儿发噎，这点她跟她儿子一样，所以她说话显得有些结巴。很明显已经有人告诉她弗雷狄来了，说他一切都还好，没出什么差错。加布里埃尔询问她渡海峡时情况怎样。她住在格拉斯哥，跟她出嫁的女儿住在一起，不过每年她都会回都柏林来玩一趟。她温和地回答说，她渡海峡时平稳极了，船长给予了她特别的照顾。她还谈起她女儿在格拉斯哥的房子有多漂亮，谈起他们那儿的朋友们有多和气。加布里埃尔听着她唠唠叨叨地说着那些琐碎的事，期望这样能清除掉脑子里那段他和艾弗丝小姐不愉快的插曲。这个女孩，或者说女人更恰当，不管她是什么吧，虽然她很热心，可是说话做事总得看时候吧，当然，他也有错，或许他不该给出那样的回答。可是她也没权利当众叫他西布立吞人呀，就是开玩笑也不行。她就是打算故意刁难他的，想看他在大家面前出丑，当众给他难堪，还用红通通的眼睛瞪着他。

这个空当，他看见妻子正穿过跳着华尔兹舞的人群，向他走来。她走到他面前，在他的耳朵边低声说道：

"加布里埃尔，凯特姨妈想知道，你是不是愿意像往年一样切鹅肉。戴丽小姐切火腿，我来切布丁。"

"好的。"加布里埃尔说。

"这场华尔兹一结束，她就会打发那些年轻客人出去，这样餐桌旁边就只剩下我们了。"

"你跳舞了吗?"加布里埃尔问。

"当然跳了。你没看见我吗? 你和莫莉·艾弗丝两个人嚷嚷什么呢?"

"我没嚷嚷，怎么? 她说我嚷嚷了?"

"差不多吧。我得去请那位达西先生唱一首歌。不过他看起来好像挺自以为是的。"

"我没嚷嚷，"加布里埃尔不愉快地说，"只是她要我去爱尔兰西部玩一趟，我说我不去。"

听到这话，妻子兴奋地一拍手，轻轻一跳。

"干吗不去，加布里埃尔?"她喊着说，"我还想再看看盖尔维呢。"

"你要是想去，你就自己去。"加布里埃尔显然还没从刚才那个尴尬的处境中解脱出来，于是冷冷地说。

她盯着他看了一会儿，然后转向马林斯太太说:

"瞧瞧，瞧瞧，我这个丈夫真是顶呱呱！马林斯太太。"

她穿过房间回到原来待的地方去了，显然马林斯太太并没有在意这段插曲，她还在继续为加布里埃尔讲述苏格兰的美丽去处和美丽的风景。她饶有兴趣地说她女婿每年都带她们去湖泊区游览，他们每次都钓鱼。她还不无自豪地说她女婿钓鱼的技术真是棒极了，有一天，他钓到一条很大很漂亮的鱼，旅馆的主人就帮他们烧好，让他们当晚餐吃呢。

加布里埃尔已经没有心思听她在讲些什么了。晚餐就要开始了，他又开始仔细考虑他的演讲和引文。这时，他看见弗雷狄·马林斯穿过屋子，朝他的母亲走来，便站起身来，把椅子让给了弗雷狄坐，而他自己则斜靠在墙旁，紧挨着窗口站着。

房间很快被收拾得干干净净，后屋里传来一阵盘子和刀叉磕碰的声音。待在客厅里的人似乎也没什么心思跳舞了，于是，几个人几个人地聚成一团小声地聊天。百无聊赖的加布里埃尔抬起温热、颤抖的手指，轻轻敲着冰冷的窗玻璃。外面怕是很冷吧！如果一个人出去，先沿着河岸走走，再穿过公园散散步，该是多么惬意啊！树枝上一定被雪花覆盖着，威灵顿（1769~1852，拿破仑战争时期的英军将领，以指挥滑铁卢战役闻名）纪念碑顶上肯定也有一顶雪堆成的白帽子。要是在那儿待着，肯定比待在晚餐桌旁舒服得多啊！

他又在心里匆匆温习了一遍他的讲演提纲：爱尔兰人的热情好客、悲伤的回忆、美惠三女神（指希腊神话中为人间带来美丽欢乐的三位女神：光辉女神阿格莱亚，激励女神塔利亚，欢乐女神欧佛洛绪涅）、帕里斯、勃朗宁的诗句。接着他又在心里默念了一遍他在评论中写过的句子："你感觉自己正在听一段扰人心绪的音乐。"艾弗丝小姐称赞过这篇评论。她的称赞是发自肺腑的吗？她真的像她所说的那样，真正拥有她自己的生活吗？在今天晚上之前，他们两人从没有过什么矛盾。一想到在他发言的时候，她会坐在晚餐桌旁，用一双满含批评和嘲弄的眼睛望着他，他就心慌得厉害。也许她巴不得看到他演讲失败吧。突然，一个想法在他脑海里闪现，这给了他一种力量。他将在提到凯特姨妈和朱莉娅姨妈时这样说："女士们，先生们，我们中间那正在逐渐衰老的一代人可能有缺点，但在我看来，他们身上是有某些优秀品质的，比如热情好客、幽默和慈爱，这些品质恰恰是那些人，那些在我们周围成长着的、受过太多教育、过度严肃的新的一代人所缺少的。"好极了，这段话就是说给艾弗丝小姐听的。他心里想他的姨妈们只不过是两个没什么学识的老太太，有什么可在乎的呢？

　　房间里突然有一阵低语声，他的思绪便被这窃窃私语打断了。布朗先生像个骑士一样，正护卫着朱莉娅姨妈走了进来，她倚在他的手臂上，低着头，脸上带着微笑。现场爆发出一阵凌乱的掌声，布朗先生一直送她来到钢琴前。等到玛丽·简在琴凳上坐好，朱莉娅姨妈就收了脸上的微笑，她半转过身子，这样做的目的是为了让自己的声音能清楚地传遍整个房间，这时掌声也渐渐停下来。加布里埃尔听出了那个序曲，那是朱莉娅姨妈写的一首老歌——《穿好嫁衣》。她的声音铿锵有力，气势十足地跟着那一段段快速变化的曲调放声歌唱。虽然她唱得很快，却连一个最细微的装饰音也没有漏掉。不用去看歌者的表情，只需闭上眼睛，用心去倾听这歌声，就能充分感受并且分享到那迅疾而可靠的灵感所引起的激情。

　　歌声停下时，加布里埃尔和其他人一起为朱莉娅姨妈热烈地鼓掌，在他视线难以达到的晚餐桌旁也传来了响亮的掌声。掌声听来是那样真诚，以致朱莉娅姨妈的脸上泛起了一抹红晕，她俯身把那本封面上有她名字的第一个字母的旧皮面歌本，放回了乐谱架上。弗雷狄·马林斯歪着脑袋，好像这样的姿势可以看得更清楚些。掌声渐渐停了，只有他还在大声地鼓掌，并且和他母亲热烈地谈论着，他的母亲脸色很庄重，慢悠悠地点着头，很显然，她对他的观点表示赞同。最后，他停止了鼓掌，突然站起来，急匆匆地穿过房间，走到朱莉娅姨妈面前。他双手紧紧地抓住朱莉娅姨妈的胳膊，拼命摇晃，却说不出话来，或许是他激动而噎得太厉害的缘故吧。

"我刚才还在对我母亲说，"他说，"我从没听见过您唱得这么好过，从来没听见过。没有，我从没听到过您的嗓子像今天晚上这样动听。你相信我说的吗？真的，我敢用名誉担保，我说的都是真的。我从没听到过您的嗓子竟然那么清亮，那么……那么优美和清亮，从没听过。"

朱莉娅姨妈抽回自己的手，露出大方得体的笑容，她轻轻说了些"不敢当"的话。布朗先生伸出一只手在她面前，手心朝上摊开，用一种演出主持人向听众介绍天才演员的架势对旁边的人说：

"朱莉娅·摩根小姐，我的最新发现！"

说完，他自己先乐了，弗雷狄·马林斯转过身，面对着他，说道：

"好了，布朗，你的玩笑一点儿也不高明。我想说的仅仅是，自打我到这儿来，我就从没听见她唱得这么好，连今天一半的好都不曾有过。这可是大实话。"

"我也没听见过，"布朗说，"我认为她的嗓子有了很大的进步。"

朱莉娅姨妈耸了耸肩，谦和中带着一种自豪，她说：

"即便是在三十年前，我的嗓子也不算坏啊。"

"我常对朱莉娅说，"凯特姨妈用一种言之凿凿的语调说，"她在那个合唱队真是糟践了，可她从来不听我的。"

凯特姨妈说完，转过身看着其他人，好像期待其他人附和她，帮她来对付一个倔强的孩子似的，而朱莉娅姨妈只是双目凝视着前方，脸上带着笑，似乎在回忆她年轻时的时光。

"哎，她不听，"凯特姨妈接着说，"谁劝她都不听，在那个唱诗班里，她没白天没黑夜地给人家卖力干活。圣诞节早晨六点钟就到那里去了！真不知道她图什么啊！"

"好了，凯特姨妈，这难道不是为了上帝的荣耀吗？"坐在琴凳上的玛丽·简转过身来，微笑着问道。

凯特姨妈显然是生气了，她转过身去，冲着她的侄女玛丽·简说："上帝的荣耀，我知道那是什么东西，可是，玛丽·简，我认为，把唱诗班里做牛做马唱了一辈子的女人们都赶走，让一群狂妄自大的毛头小子骑在她们头上，这对教皇可真是没有什么荣耀可言。我想教皇那样做，是出于教会利益上的考虑，可那样做不近人情，玛丽·简，那样做是不对的。"

她语气变得有些激动，还想继续为她的妹妹争几句，很明显，这是她内心的一个伤痛，但玛丽·简看见那些跳舞的人都回来了，便息事宁人地说道：

"哎，凯特姨妈，你再这样会让布朗先生笑话你的，他信仰的可是别的教派。"

凯特姨妈转过头去看着布朗先生，当他听到玛丽提到了他信仰的宗教时，正咧开嘴笑着。于是，凯特姨妈连忙说：

"噢，我当然知道教皇做得对。我不过是个傻老太婆，当然不会自不量力地去做什么，我只不过是希望能像其他人一样获得礼貌体面的感激而已。要是我是朱莉娅，我就会直接给那个希利神父说……"

"好啦，凯特姨妈，"玛丽·简说，"我们大家都饿坏了，您知道的，人的肚子一饿火气就会比较大。"

"渴了也会让人火气大呢。"布朗先生补充说道。

"所以我们最好去吃晚饭，"玛丽·简说，"等吃完晚饭再讨论出个结果吧。"

在客厅门外的过道上，加布里埃尔发现他的妻子正和艾弗丝小姐在一起，她正在努力劝说她留下来吃晚饭。可艾弗丝小姐没答应，她已经戴好帽子，正忙着扣斗篷扣子。她说她一点儿也不饿，而且她待得够久的了。

"只要再待十分钟就好，莫莉，"康罗伊太太说，"不会耽误你的事儿的。"

"好歹吃一点儿吧，"玛丽·简也说，"跳了那么多的舞。"

"我真得走了。"艾弗丝小姐说。

"我看你是在这里玩得不开心吧。"玛丽·简无奈地说。

"开心，我玩得很开心，我向你保证，"艾弗丝小姐说，"不过你真的得放我走了。"

"那你怎么回去啊？"康罗伊太太说。

"没事，沿着码头走几步就到了。"

加布里埃尔犹豫了一会儿，说：

"艾弗丝小姐，如果你不介意，还是我送您回家吧。假如你非得现在就走。"

艾弗丝小姐没有理会他，并迅速从他们身边走开了。

"我不想听这些，"她嚷道，"看在老天爷分上，你们都进去吃晚饭去吧，别管我了。我能照顾好我自己。"

"唉，你真是个奇怪的姑娘，莫莉。"康罗伊太太率直地说。

"晚安，亲爱的。"艾弗丝小姐一边说，一边笑着跑下了楼梯。

玛丽·简望着她的背影，脸上的表情有些阴郁、迷惑，康罗伊太太则靠在扶梯把手上，仔细听着门厅大门开关的声音。加布里埃尔在心里问自己，她突然离开不会是因为他吧？但是她看起来没什么不高兴啊——她脸上一直带着笑啊。想着这些，他茫然地望着楼梯口。

这时，凯特姨妈从开晚餐的房间慌慌张张地跑出来，几乎是绝望地来回绞着自己的两只手。

"加布里埃尔在哪儿?"她着急地嚷道,"加布里埃尔到底在哪儿呀? 大家都坐好等着呢,可没人来切鹅啊!"

"我在这儿,凯特姨妈!"加布里埃尔回过神来,大声地喊着,"只要你需要,让我切一群鹅都没关系。"

在桌子的一端,摆着一只棕黄色的肥鹅,另一端放着一个装饰着欧芹细枝的皱纹纸垫,上面摆着一只剥了皮、撒满了干面包粉的大火腿,胫骨处套着一个精美的纸花边,火腿旁边还摆着一块五香牛腿肉。

在桌子中间,并列摆放着两列其他菜肴:两小碟堆得高高的果子冻,一红一黄;一只浅底的大盘子里盛满了大块的牛奶冻,顶上点缀着红色果酱;一个形状像一枚带梗绿叶的大盘里,盛放着几串紫葡萄和去了皮的杏子;另一只同样的盘子里,斯迈那(土耳其港口)无花果堆成了一个整齐的长方形。此外,还有一盘上面撒有肉豆蔻沫的牛奶蛋糕,一个小盆里盛满了包着金银纸的巧克力和糖果,桌上还摆放着一只玻璃花瓶,里面插着一些长长的芹菜茎。在桌子正中央,是一只水果架,橘子和美洲苹果被堆得高高的,两边分别放着一只矮胖的老式雕花细颈玻璃瓶,一只盛着白葡萄酒,另一只盛着深色的雪利酒,就像两个卫兵似的守卫着果架。在盖好盖的钢琴上，放着一个盛满布丁的黄色大盘，在它后边放着三排烈性黑啤酒、淡啤酒和矿泉水，按各自包装的颜色列队排好，前两排是黑色的，贴着咖啡色和红色标签，第三排是白色的，它是最短的一排，瓶上横系着绿色的饰带。

加布里埃尔大大咧咧地坐到主座上，看了看刀刃，就一下子把叉子稳稳地插进了鹅身上。切肉这活儿他干得得心应手，而且他喜欢坐在丰盛餐桌的主座上。

"弗朗小姐，你想要点什么?"他问，"翅膀呢，还是脯子肉?"

"脯子肉吧，一小片就行。"

"希金斯小姐，您呢?"

"我都行，康罗伊先生。"

加布里埃尔和戴丽小姐忙着对调盛着鹅肉的盘子和盛着火腿跟五香牛肉的盘子，莉莉端着一盘包在白餐巾纸里的粉嘟嘟的热土豆，沿着桌子一个一个地分给客人们。这是玛丽·简的主意，她还建议要给鹅肉浇上苹果沙司，可是凯特姨妈认为还是吃不加苹果沙司的本色烤鹅比较好，她可不希望冒险，那可能会让鹅肉的味道变差。玛丽·简照应着她的学生们，确保他们能吃上最好的肉。凯特姨妈和朱莉娅姨妈把钢琴上的瓶子一一打开，然后把啤酒递给男客们，把矿泉水递给女客们。

一时间，整个房间里充满了笑声、喧哗声、让菜声、辞谢声，以及刀叉声和酒瓶的软木塞、玻璃塞被打开的声音，真是热闹极了。

加布里埃尔给大家分了一圈肉，都没来得及给自己切一份，马上又开始分第二圈。后来大家都向他大声抗议，他才不得不停下来，喝了一大口黑啤酒，因为他发现切鹅肉也是件费力气的活儿。玛丽·简安静地坐在那儿，开始享用她的晚餐。而凯特姨妈和朱莉娅姨妈还围着桌子忙乱着，她们一会儿这个在前，一会儿那个在前，彼此挡住去路，都在嫌对方不听吩咐。大家劝她们赶紧坐下来一起吃晚饭，可她们却说时间还来得及。最终，还是弗雷狄·马林斯先生站起来，抓住凯特姨妈的肩膀，强行把她按在了椅子上才算了事，这一幕逗得大家哈哈大笑。

确保每个人都分到足够的肉后，加布里埃尔笑着说：

"嗯，我这里还有俗人们说的鹅肚皮里的填馅儿，要是哪位客人想来点儿，就请说话。"

"吃你的饭吧。"大家异口同声地说道。

莉莉给他拿了三个土豆，那是她专门为他留的。

"好吧，"加布里埃尔一边说着，一边喝了一口酒，"女士们，先生们，请你们在几分钟之内忘了我的存在吧。"

他开始吃晚餐，不再参加桌上的谈话，趁人们谈话的工夫，莉莉开始收拾桌上的菜盘。他们在谈论最近正在皇家剧院演出的歌剧团。男高音巴特尔·达西先生的发言很积极，他是一个深肤色的年轻人，留着潇洒的小胡子，他高度赞扬剧团的首席女低音，可是弗朗小姐却不同意，她认为她的表演风格太俗气。弗雷狄·马林斯说，在舞剧《欢乐》的第二部分里，有个黑人队长唱歌，那嗓子是他听过最好的男高音之一。

"您听他唱过吧？"他向和他隔桌相对的巴特尔·达西先生发问道。

"没有。"巴特尔·达西先生漫不经心地回答。

"是吗？"弗雷狄·马林斯解释说，"不过我很想知道你对他的看法。我认为他的嗓子美极了。"

"真正的好东西，总是等着特狄去发现。"布朗先生调侃地说道，这话显然说得有些冒失。

"难道他就不能有副好嗓子吗？"弗雷狄·马林斯尖锐地发问，"就因为他是个黑人吗？"

他的发问根本没人理会，于是玛丽·简又将话题引回到正统歌剧上来。她的一个学生送了她一张《迷娘曲》的戏票，她说那部歌剧确实不错，但总让她想起可怜的乔治娜·伯恩斯。而布朗先生说的事情还要更早一些，他说起一些过去常到都柏林来演出的老意大利剧团——梯埃特因斯剧团，伊尔玛·德·莫尔兹卡剧团，康帕尼尼剧团，伟大的特列别里·朱格里尼剧团，拉维里剧团以及阿拉布罗剧团。他说，那时候在都柏林听到的歌剧才是像样的歌剧。他还谈到老皇家剧院的顶层楼座在以前的每个夜晚是如何被观众们挤满的，他说有一天晚上，一个意大利男高音甚至在听众的要求下，将《让我像士兵那样倒下》一连唱了五遍，每一遍都唱出了一个高高的C音，还有那些听歌的小伙子是如何地热情奔放，甚至解下了某个有名的歌剧女演员的马车上的马，把缰绳套在自己身上给她拉车，把她送回旅馆。接着，他问道："为什么现在他们不出演那些气派的歌剧了，比如《迪诺拉》《鲁克列齐亚·波尔吉亚》？那是因为他们找不到好嗓子，唱不了这些歌剧了。"

"噢，可是，"巴特尔·达西先生说，"依我看，现在还是有好嗓子的歌手，一点儿也不比以前的歌唱家差。"

"是吗？他们在哪儿？"布朗先生的口气里带有一丝挑衅。

"伦敦、巴黎、米兰，这些地方都有，"巴特尔·达西先生激动地说，"比如，卡鲁索，我就觉得他唱得挺好，并不比你刚才提到的那些人差。"

"或许吧，"布朗先生说，"但我对此表示怀疑。"

"啊，只要能让我听卡鲁索唱歌，让我干什么都行。"玛丽·简激动地说。

"要我说呀，"凯特姨妈正在剔一根骨头上的肉，这时她也插话了，"只有一个男高音。我的意思是，让我满意的男高音。不过我想你们当中可能没人听过他唱歌。"

"你说的是谁，摩根小姐？"巴特尔·达西先生彬彬有礼地问。

"他呀，"凯特姨妈说，"他叫帕金森。我在他最红的时候听他唱过，我认为他那时候的嗓子，是最棒的男高音嗓子了。"

"奇怪，"巴特尔·达西先生说，"我怎么从来没听过这个人。"

"是啊，是啊，摩根小姐说得对，"布朗先生说，"我也听过老帕金森唱歌，不过那真是很久很久以前的事了。"

"真是一个美丽纯净、甜蜜圆润的英格兰男高音啊。"凯特姨妈满怀感慨地说。

加布里埃尔吃完了晚餐，这时那只盛着布丁的黄色大盘子被移到了桌上，于是，叉匙的碰击声又重新响了起来。加布里埃尔的妻子一勺一勺地舀出布丁，放在碟子里，然后把碟子沿桌往下传。碟子先被玛丽·简接过去，给布丁上浇满木莓冻，或橘子冻，或牛奶冻和果酱。布丁是朱莉娅姨妈做的，大家都在夸赞她的好手艺。但她自己谦虚地认为，这布丁要是烤得再焦黄点就好了。

"啊，摩根小姐，"布朗先生说，"但愿我在你眼里足够焦黄了，因为您知道，我是地地道道的焦黄色啊。"

男客们都对朱莉娅姨妈说了一番赞美之词，才开始品尝碟子里的布丁，但加布里埃尔是个例外。因为他不爱吃甜食，所以芹菜就留给他吃。弗雷狄·马林斯也取了一枝芹菜梗，就着布丁吃。他听人说，芹菜对净化血液有好处，而他最近正在接受医生的治疗。在晚餐桌旁一直沉默着的马林斯太太这时突然开口说，大约一个星期后，她儿子就要去梅勒里山了。于是，人们的话题就变成了梅勒里山了，大家七嘴八舌地说着那儿的空气多清新，那儿的修士多好客，而且他们从来不向客人收一分钱。

"你们的意思难道是，"布朗先生不相信地问，"一个家伙到了那儿，就能像住旅馆似的住下来，被好吃好喝招待着，还不用付一分钱？"

"噢，不过大多数人走的时候都会给修道院布施一点的。"玛丽·简说。

"真希望我们的教会也能这样。"布朗先生坦率地说。

当听说那些修士总是一声不吭，早上两点多就起床，夜里睡在棺材里时，布朗先生大为震惊。他问他们为什么要这么做。

"那是修士会的规定。"凯特姨妈肯定地说。

"可是为什么啊？"布朗先生问。

"这是规定，就是这样。"凯特姨妈又肯定地说了一遍。

布朗先生似乎还是一脸不解的样子。弗雷狄·马林斯尽可能地向他解释说，修士这样做，是为了尽力弥补俗世所有罪人犯下的罪行。很显然，这样的解释并不是很清楚，因为布朗先生没听明白，他咧嘴笑着说：

"我很欣赏这种做法，但是，睡舒适的弹簧床和睡棺材，有什么区别吗?"

"棺材嘛，"玛丽·简说，"是提醒他们每个人最终的结局。"

话题似乎变得丧气起来，大家都没有说话，只有马林斯太太口齿不清地低声对她邻座的人说：

"他们都是好人呢，那些修士，都是很虔诚的人。"

大家开始在桌子上传递葡萄、杏子、无花果、苹果、橘子、巧克力和糖果，朱莉娅姨妈热情地询问客人们要不要来点葡萄酒，或是雪利酒。一开始，巴特尔·达西先生本来不打算喝酒，但坐在他旁边的那位客人用胳膊肘碰碰他，对他小声说了句什么，他就改变了主意，同意把酒杯斟满。等到最后一只酒杯被斟满，谈话也停了下来，房间安静得只听见喝酒声和椅子移动声。三位摩根小姐都垂下眼帘，盯着台布。有人咳嗽了一两声，接着有几位先生轻轻敲了敲桌子，示意大家保持安静。等到屋子完全静了下来，加布里埃尔朝后挪了挪他的椅子，站起身来。

为了给他鼓劲，人们把桌子敲得更响了，过了那么一会儿，他们就停了下来。加布里埃尔把他十个颤抖的手指按在台布上，紧张地对大家笑了笑。他瞥了一眼对面那排仰起的面孔，然后抬头望着枝型吊灯。钢琴正弹奏着一支华尔兹舞曲，他甚至都听得见裙子扫在客厅门上的声音。也许这会儿在外面码头的雪地里，正有人站着，凝视着这窗里的灯光，倾听着华尔兹乐曲呢。外边的空气现在应该很清新。在远处的公园，树木被厚厚的积雪覆盖。威灵顿纪念碑戴着一顶巨大的雪帽，向着西边那一片十五英亩的雪原在闪着白光。

他的演讲开始了：

"女士们，先生们：

"今天晚上，像往年一样，这项令人愉快的职责又落到了我的肩上，但我担心我的能力太微薄，不足以承担这个重任。"

"哪里，哪里!"布朗先生说。

"但不管我是多么不合格的演讲家，今晚我也只好请各位谅解我的这番心意，恳请各位耐心听我讲几句话，让我尽力用言词来表达一下我在这个场合的感受。

"女士们，先生们，我们大家已经不是第一次来到这幢热情的屋子，围坐在这张好客的餐桌边了。我们领受——或者说'承受'更恰当一些，我们承受着这几位女士的盛情款待，也不是第一次了。"

加布里埃尔说着，挥舞起胳膊，在空中划了个圈，之后，他停顿了一下。每个人都满含谢意地看着凯特姨妈、朱莉娅姨妈和玛丽·简，冲她们大笑或者微笑，而她们，也因为这样难得的兴奋而脸色绯红。加布里埃尔更加大胆地说下去：

"这些年来，我日益强烈地感受到，我们的国家最受称誉、最需要小心维护的传统，就是热情好客的传统。就我的经历来看，在现代国家中（我访问过不少国家），只有我们有这个传统。也许有人会说，与其说它是我们的荣耀，倒不如说它是我们的弱点。即便如此，我还是认为，它是一种高贵的弱点，并且我坚信这个弱点还将在我们中间长久培养下去。至少有一点，我是敢肯定的。只要前面讲到的这几位好心的女士还住在这幢屋子里——我真心希望她们能住许多许多年——这种真诚、热心、殷勤的爱尔兰式的好客传统，这种由我们的祖先传给我们、而我们一定要再传给我们的子子孙孙的传统，就会一直存活在我们中间。"

餐桌四周传来一阵表示由衷赞同的低语声。这声音让加布里埃尔突然想到了艾弗丝小姐，幸好她不在其中，她很不礼貌地走掉了。于是他充满自信地说：

"女士们，先生们，

"在我们中间，新的一代正在成长，他们是受新思想和新原则激励的一代人。他们热情地追逐着这些严肃的新思想，尽管他们的热情可能用错了地方，但我相信，他们的心是诚挚的。但我们生活在一个习惯怀疑的年代，要是我能使用一个词儿清楚地描述它，那就是'备受折磨'。有时我担心，这新的一代人，这些受过教育的，甚至受过太多教育的一代人，会缺乏老一代人身上的那些品质：仁爱、好客和善意的幽默。今天晚上我听到了许多过去的大歌唱家的名字，我不得不承认，在我看来，我们如今生活的时代明显不够敞亮。而那些过去的时光，可以毫不夸张地被称为是'敞亮的岁月'；假如它们已经一去不返了，那么我希望，至少在像今天这样的聚会中，我们还能够满怀自豪与深情地谈起它们，还可以在心中缅怀着那些去世的伟大人物，而他们的威名，不会在这个世界就此消亡的。"

"对啊，对啊！"布朗先生高声说。

"然而，"加布里埃尔继续说道，他的声音陡然变得低沉了，"在像今天这样的聚会上，也会有些悲伤的回忆涌上心头：关于过去、关于青春、关于世事变迁、关于早已离去却叫我们思念的面孔。我们的生活中到处都有这种悲伤的回忆；但是，假如我们沉溺其中，我们就会没有勇气在生者间继续工作。我们在生活中都有责任，都有眷念，而这些东西要求我们，合情合理地要求我们去奋发努力。

"所以，我不能停留在过去。今晚我不会让阴郁的说教来侵扰我们。我们好不容易从生活的奔波和忙碌中解脱出来，来到这儿做个短暂的相聚。我们在这儿相聚，本着情长谊深的精神作为朋友，同时在某种程度上，本着真正的志同道合的精神作为同事，并且作为——我该怎么称呼她们呢——都柏林音乐世界中的三位美惠女神的客人们。"

听到这个比喻，来宾们被逗得哈哈大笑，热烈地鼓起掌来。朱莉娅姨妈努力地想要让她的邻座们，给她讲讲加布里埃尔刚才说了什么。

"他说我们是希腊神话的美惠女神呢，朱莉娅姨妈。"玛丽·简说。

朱莉娅姨妈不明白这话的意思，但是她微笑着，抬起眼睛来望着加布里埃尔，听见他继续讲道：

"女士们，先生们!

"今天晚上，我并不想扮演帕里斯扮演的那个角色。我并不想企图在她们中间做什么优劣的选择。这项差事只会惹人讨厌，也是我微薄的能力所不能胜任的。我一一看着她们三个人，我们年长的女主人，她心地善良，这为她在朋友中赢得了很好的口碑；她的妹妹，似乎有让青春永驻的魔力，今晚她美妙的歌喉更是让我们惊叹不已；还有最后，但这并不代表是最末的一位，我们最年轻的女主人，她生性快活，才华洋溢，兢兢业业，还是世上最好的侄女。我承认，女士们和先生们，我确实不知道该把奖牌赠给她们中的哪一位才好。"

加布里埃尔向下瞟了一眼他的两位姨妈，看见朱莉娅姨妈笑得很开心，而凯特姨妈的眼眶里已经蓄起了泪水，就赶紧结束他的讲话。他风度翩翩地举起葡萄酒杯，看着所有人都端起酒杯，他才大声地说道：

"让我们为她们三位干杯，祝她们健康、富有、长寿、快乐、幸运，祝她们在各自的职业中继续创造辉煌，那都是她们靠自己的努力在职业上取得的骄傲地位，她们理应获得爱戴和尊敬。"

所有的客人都站起身来，端着酒杯，面向那三位坐着的女士，齐声歌唱，布朗先生领唱：

> 他们都是快活的人呀，
> 他们都是快活的人呀，
> 他们都是快活的人呀，
> 谁也不能不承认。

凯特姨妈当众用手帕抹起了眼泪，朱莉娅姨妈也被感动了。弗雷狄举着他吃布丁的叉子打着拍子，唱歌的人自发地转过身去面面相对，就像在音乐会里一样，大家卖力真诚地唱：

> 除非他用谎言骗人，
> 除非他用谎言骗人。

接着再一次转向那三位女主人，唱道：

> 他们都是快活的人呀，
>
> 他们都是快活的人呀，
>
> 他们都是快活的人呀，
>
> 谁也不能不承认。

晚餐房间门外的其他客人也应声欢呼和鼓掌，并一次又一次地重新爆发，弗雷狄·马林斯像个军官似的高擎着他的叉子，在空中挥舞着。

晚餐结束后，他们站在楼下的前厅里，凌晨寒凉的空气从门外涌了进来，于是凯特姨妈说：

"谁去把门关上呀。要不然马林斯太太该得重感冒了。"

"布朗在外面呢，凯特姨妈。"玛丽·简说。

"他就是喜欢到处乱窜。"凯特姨妈低声嘟囔。

她的那种口气让玛丽·简乐得直笑。

"可不是吗，"她调皮地说，"他总是随叫随到。"

"在这个圣诞节，"凯特姨妈以同样的口气说，"他就像煤气灯一样装在这儿啦。"

对于从她口中说出的这个比喻，她自己也被逗笑了，又赶紧说：

"还是叫他进来吧，玛丽·简，再把门关上。但愿他没听见我的话。"

正说着，过道门开了，布朗先生从门外的石阶上走进来，咧开大嘴笑着，笑得好像他的心都要裂开似的。他穿着一件绿色的长大衣，袖口和领子都镶着一圈仿阿斯特拉罕的羔皮，头戴一顶椭圆形的皮帽。他用手指着下边被白雪覆盖的码头，从那儿传来一阵悠长刺耳的口哨声。

"看来特狄要把都柏林所有的出租马车都喊出来了。"他说。

加布里埃尔从小餐具间里走出来，正把胳膊套进他那件长大衣的袖子里，他看了看四周，说：

"格莉塔呢？"

"她在穿衣服，加布里埃尔。"凯特姨妈说。

"谁还在弹琴？"加布里埃尔问。

"没有人啊。全走了。"

"噢，不对，凯特姨妈，"玛丽·简说，"还有巴特尔·达西先生和奥卡拉汉小姐呢。"

"看来有人在钢琴上弹得正起劲呢。"加布里埃尔说。

玛丽·简瞅了瞅加布里埃尔和布朗先生的一身打扮，不自觉地打了个冷颤，说：

"看见你们裹成这个样，我都觉得冷了。我可不愿意在这个时候走一趟你们回家要走的那段路。"

"趁着这个机会在外面轻轻松松地散着步，或者坐出租马车飞快地奔驰，"布朗先生很有豪气地说，"可是最让我高兴的事儿了。"

"我们家原来有过一匹非常好的马，还有一辆双轮轻便马车。"朱莉娅姨妈伤感地说。

"乔尼确实叫人永远都忘记不了。"玛丽·简笑着说。

"噢，关于乔尼有什么故事吗?"布朗先生问。

"说到乔尼这就要说到我们的祖父——帕特里克·摩根，"加布里埃尔解释道，"晚年大家都称呼他'老先生'，他是个做熬胶生意的商人。"

"你说得不对，加布里埃尔呀，"凯特姨妈笑着说，"他是有座淀粉磨房。"

"管他是熬胶还是磨粉呢，"加布里埃尔说，"老先生有一匹名叫乔尼的马，在老先生的磨坊里拉磨，一圈又一圈地拉磨。本来一切都很美好，可后来乔尼遇上惨事了。在一个艳阳高照的日子，老先生突发奇想，非要去摆一摆上流人士的架势，于是便到公园里参观军事检阅。"

"上帝怜悯他的灵魂吧。"凯特姨妈同情地说。

"阿门，"加布里埃尔也在胸前画了个十字，继续说，"于是这位老先生，就像我说的，套上乔尼，戴上自己最好的高顶礼帽，穿上自己最好的硬领礼服，驾着马车出了他的祖宅，我想祖屋是在后街附近吧。"

加布里埃尔的样子把大家逗笑了，连马林斯太太都笑了，凯特姨妈说：

"行了，加布里埃尔，别瞎说了，他怎么可能住在后街，真的。只是磨坊在那儿。"

"他把乔尼套在车上，赶着乔尼出了门。"加布里埃尔继续说下去，"本来一路上都很顺利，直到乔尼走到比利大帝雕像前，不知是那雕像让它以为又回到了磨坊里，还是它看上了雕像身下的那匹马，总之它就围着雕像转起圈儿来了。"

说完，加布里埃尔穿着套鞋在前厅里模仿着乔尼蹀了一个圈儿，这滑稽的举动再次逗得大家哈哈大笑。

"它走了一圈又一圈，"加布里埃尔说，"而这位老先生，他是个自视颇高的老先生，当然对此很生气，于是，他就冲它大声地吼道：'往前走啊，老兄！你这是什么意思？老兄！乔尼！乔尼！真是莫名其妙！你到底在想些什么？'"

加布里埃尔惟妙惟肖的模仿逗得大家哈哈大笑，这时前门传来一阵响亮的敲击声。玛丽·简跑去开门，进来的是弗雷狄·马林斯。弗雷狄·马林斯把帽子推到了后脑勺上，冷得肩膀都耸起来了，他大口大口地喘着气，呵出一团团热气。

"我只弄到了一辆出租马车。"他说。

"噢，我们会到码头再找到一辆的。"加布里埃尔说。

"是啊，"凯特姨妈说，"最好别让马林斯太太老是站在风口上等。"

马林斯太太由她儿子和布朗先生扶着走下门前的台阶，然后两人手忙脚乱地扶着她上了马车。弗雷狄·马林斯跟着她爬上了车，又花了好大一番工夫来安顿她，布朗先生也在一旁给他出主意。谢天谢地，总算是把她安顿得舒舒服服的了，弗雷狄·马林斯就请布朗先生也上车来。大家又断断续续地讲了一大堆话，直到布朗先生跨上马车。马车夫整理好膝盖上的毯子，然后回过头去询问他们的目的地。这时，情况又变得乱糟糟的了，弗雷狄·马林斯和布朗先生各自从马车的一个窗户里伸出头来，说了两个方向完全不同的地址。麻烦之处就在于布朗先生不知道应该在中途什么地方下车，于是凯特姨妈、朱莉娅姨妈和玛丽·简也站在门口台阶上七嘴八舌地出主意，不过这些主意总是相互矛盾，所以引得大家笑声不断。弗雷狄·马林斯都笑得说不出话了。他为了告诉他母亲讨论的进展，只得把脑袋在马车窗子里伸进伸出，每一回进出都差点蹭掉帽子，看着都让人觉得惊险。最后，布朗先生压倒那些吵吵嚷嚷的声音，向已经被弄糊涂了的马车夫喊道：

"你知道三一学院吗？"

"知道，先生。"马车夫回答说。

"好，那就你就朝着三一学院的大门去吧，"布朗先生说，"到那儿我们再告诉你怎么走。明白了吗?"

"明白了，先生。"马车夫说。

"那就像鸟儿一样向三一学院飞吧。"

"好的，先生。"马车夫说。

马车夫挥起手臂一甩鞭子，在一阵笑声和再见声中，马车就沿着码头向前驶去了。

当其他人在门口送别马车时，加布里埃尔则站在过道的一个暗处，望着楼梯上的情景发呆。

在靠近第一段楼梯拐弯的地方，一个女人站在阴影里。他看不见她的脸，但他看见了她裙子上赤褐色和橙红色的拼花，那拼花在阴影中显出黑白的颜色，那正是他的妻子。此刻，她倚在楼梯扶手上，似乎在听着什么。加布里埃尔吃惊于她一动不动的样子，便也竖起耳朵听。可他只听见了门前台阶上的笑声和争执声、钢琴弹出的几个和音和几个男人的歌唱声音，此外再也听不出什么了。

他站在过道的暗处，一动不动，努力想要听清那声音所唱的歌词，同时目不转睛地盯着他的妻子。她的姿态极富优雅和神秘，好像象征着什么似的。他自忖，一个女人站在楼梯上的阴影里，倾听着远处传来的乐声，这象征什么。如果他是个画家，他一定要画下她的姿态。在幽暗的背景上，她的蓝色毡帽可以很好地衬托出她青铜色的头发，她裙子上的拼花会由深色的衬托出浅色的来。如果他是个画家，他要为这幅画取名为《远处的音乐》。

大门关上了，凯特姨妈、朱莉娅姨妈和玛丽·简回到屋子里，她们还在为刚才的事情笑个不停。

"啊，弗雷狄真要命，是不是？"玛丽·简说，"他真是太要命了。"

加布里埃尔没有说话，只是用手指了指楼梯上他妻子站的地方。大门关上后，歌声和钢琴声也就听得十分清楚了。加布里埃尔冲说笑中的她们举起手来，示意她们安静。那首歌好像是古爱尔兰的老调子，听上去歌唱者似乎对自己的嗓子缺乏自信，而且对歌词也没什么把握。由于距离，也由于歌者嘶哑的嗓子，歌声听来透着一种哀伤的意味，歌词也十分凄婉：

> 哦，雨点落在我浓密的鬓发上，
> 露水打湿了我的皮肤，

　　我的婴儿寒冷地躺着……

　　"天啊,"玛丽·简大声说,"是巴特尔·达西在唱,他今天晚上一直不肯唱。我得让他走之前唱一曲才是。"

　　"这是一定要的,玛丽·简。"凯特姨妈说。

　　玛丽·简擦过其他人,跑向楼梯,可是她还没等到迈上楼梯,歌声就停止了,钢琴盖也被砰的一声扣下了。

　　"哦,真可惜!"她叫道,"他正朝下走吗,格莉塔?"

　　加布里埃尔听见他妻子应了一声"是",随即便看见她朝他们走下来。巴特尔·达西先生和奥卡拉汉小姐就在她身后。

　　"噢,达西先生,"玛丽·简叫道,"我们正听得入迷呢,你却突然停下了,真是太不应该了。"

　　"我劝了他一个晚上,"奥卡拉汉小姐说,"康罗伊太太也在劝他,他跟我们说他冷得厉害,实在没法唱下去了。"

　　"噢,达西先生,"凯特姨妈说,"你这可真是弥天大谎啊。"

"你没发觉我嗓子哑得像乌鸦吗？"达西先生粗声粗气地说。

他说完快步走进餐具间，套上他的长大衣。其他人被他这句粗鲁的话弄得不知所措。凯特姨妈皱皱眉头，之后她朝其余的人使了一个眼色，暗示大家就此打住。达西先生站着那里，皱着眉头，仔细围他的围脖。

"天气确实太糟糕了。"为了打破这尴尬的局面朱莉娅姨妈赶紧说了一句。

"是啊，好多人都感冒了。"凯特姨妈马上接着说。

"我听说，"玛丽·简说，"有三十年没下过这么大的雪了，我今天早晨在报纸上看到，整个爱尔兰都在下雪呢。"

"我喜欢下雪。"朱莉娅姨妈的语气有点伤感。

"我也喜欢，"奥卡拉汉小姐说，"我觉得要是地上没有雪，圣诞节就不是真正的圣诞节了。"

"可是可怜的达西先生就不喜欢雪呢。"凯特姨妈笑着说。

达西先生从餐具间走出来，全身包裹得严严实实，扣子也一颗不落地扣上了。他用一种为了弥补刚才的粗鲁无礼的口气，向他们谈起自己感冒的经过，并希望得到大家的谅解。大家都很体谅他，安慰他说真是太遗憾了，并极力叮嘱他，在夜晚一定要特别注意保护自己的喉咙。

加布里埃尔一直看着他的妻子，她没有参与大家的讨论。她就站在布满灰尘的扇形气窗下，煤气灯的光照亮了她深青铜色的头发，就在几天前，他还见过她在炉前晾干她这头美丽的长发。她一动不动地站着，神情十分入迷，似乎没听到她身边的谈话。终于，她转过身来，面对着大家，加布里埃尔看见她双颊泛红，眼睛亮闪闪的。不知为什么，他的心底突然涌上来一种快乐的感觉。

"达西先生，"她问，"您刚才唱的是什么歌?"

"是《奥格里姆的姑娘》，"达西先生说，"我记得不是太清楚。怎么，你听过这歌?"

"《奥格里姆的姑娘》，"她重复着说，"我想不起这名字了。"

"这首歌旋律真美，"玛丽·简说，"真可惜你今晚嗓子不好。"

"我说，玛丽·简，"凯特姨妈说，"别再烦达西先生了。我不想让他觉着烦。"

见大家都准备好了，凯特姨妈便送他们来到门口，和他们一一道晚安：

"晚安，凯特姨妈，今天晚上我们过得很愉快，谢谢你。"

"晚安，加布里埃尔，晚安，格莉塔！"

"晚安，凯特姨妈，非常感谢。晚安，朱莉娅姨妈。"

"噢，晚安，格莉塔，我刚才没看见你。"

"晚安，达西先生。晚安，奥卡拉汉小姐。"

"晚安，摩根小姐。"

"晚安，再一次祝您晚安。"

"大家都晚安。都要平平安安到家。"

"晚安，晚安。"

凌晨了，天还是很幽暗的。暗淡的黄色光线笼罩着房屋和河流；天空好像要压下来似的。脚下的雪融化了，和泥混在一块儿；屋顶上、码头的护墙上和围绕码头一带的栏杆上都积了一层雪。街灯仍然亮着，但也没能照亮这雾蒙蒙的清晨，河那边，四院宫（都柏林的著名建筑）在灰黑色的天空中威严地矗立着。

加布里埃尔看着自己的太太和巴特尔·达西先生一起走在他前面，她的鞋子包在褐色的小包里，夹在一只胳膊下，她用双手小心地提起裙子，以免裙角沾到地上的泥。这时她的姿态不再优雅，可是加布里埃尔看着这样的她，眼睛里依然闪烁着幸福的光亮。血液在他的血管中涌动，他心潮澎湃，各种思绪在脑海中碰撞：自豪、欢乐、柔情、英勇。

她就那样走在他的前面，步伐那样轻快，身材那样挺拔，他真想悄悄跑上去，一把抓住她的肩膀，在她耳边说点深情的傻话。在他看来，她是那样的脆弱，他渴望在某种东西前守卫她，然后和她单独在一起。他俩亲密生活的某些片段就像星星一样在他的记忆中闪烁：一只紫红色的信封搁在他的早餐杯子旁，他正用手摩挲着它，鸟儿在常春藤上叽叽喳喳，他幸福得连东西也吃不下；在挤满人的月台上，他正把一张票塞进她那戴着手套的热乎乎的掌心里；在冷风中，他和她依偎着站着，透过一扇装有栅栏的窗子往里看，看一个男子在红红的熔炉前吹瓶子，那天真是冷啊，她的脸几乎贴着他的脸，他都能闻见她的脸在冰冷的空气中发出芬芳。突然，她冲那个熔炉前的人喊道：

"那火很热吧？"

幸好那人因为炉子太响没有听见，要不他可能会回上一句很粗鲁的话呢。

他的心底迸出一股更温柔的快乐，随着温暖的血液流遍了他全身。就像星星柔和的亮光，他们共同生活中的点点滴滴，没有人知道，也永远不会有人知道。就是这些点点滴滴，突然闪现出来，照亮了他的记忆。他急切地想要和她一起来回顾这些，让她忘记那些平淡乏味的生活，只记得那些心醉神迷的瞬间。因为他觉得，岁月并没有熄灭他或她的灵性。他们的孩子、他的写作、她的家务操劳，都不能熄灭他们心灵的柔情之火。他记得他曾在写给她的一封信中说道："为什么这些词句在我看来是那么迟钝而冰冷？是不是因为世界上没有一个词能够像你一样温柔？"

像远处传来的乐声一般，这些他在多年前写下的字句，又重新回到了他这里。他太想和她单独相处了。等别人都走开了，等他和她到了旅馆房间里，他们就可以单独在一起了。他可以温柔地呼唤她：

"格莉塔！"

或许她不会马上听见，她可能在忙着换衣裳；不过等她意识到他的声音里某种东西打动了她的时候，她就会转过身来，看着他……

在酒店街的转角处，他们看见了一辆出租马车。辚辚的车轮声让他高兴，因为这就省得他找话题聊了。她望着车窗外，一副很困倦的样子。其他人显然也很倦乏了，也只说过那么三两句话，只是为了指出到了某幢建筑或街道。在早晨阴霾的天空下，马儿疲乏地疾驰，拖着格格作响的旧车厢，这让加布里埃尔感觉自己又跟她坐在一辆马车中，赶去乘船，赶去度蜜月。

当马车驰过奥康内尔桥时，奥卡拉汉小姐说：

"人家说，每次过奥康内尔桥，你都会看见一匹白色的马。"

"是吗？可我只看见了一个白色的人。"加布里埃尔说。

"在哪儿?"巴特尔·达西先生问。

加布里埃尔指指雕像，它身上盖着一层厚厚的雪。他像遇见一个熟人一样，冲他点点头，挥挥手。

"晚安，丹。"他快活地说。

到了旅馆前，马车停了下来，加布里埃尔迅速跳下车，不顾巴特尔·达西先生的抗议，付了车钱。他还多给了车夫一个先令。因此车夫冲他敬个礼，说：

"祝您新年发大财，先生。"

"也祝您新年发大财。"加布里埃尔衷心地说。

格莉塔下车后，站在路边镶砌的石块上，靠着加布里埃尔的手臂，跟其他人挥手告别。她那么轻盈地靠在他的手臂上，轻盈得像几个钟头之前他搂着她跳舞时一样。他那时感到莫大的自豪和幸福，因为她是他的幸福，他因为她的举止优雅而感到自豪。然而此刻，在激起了那么多记忆之后，乍一接触到她的身体——这富有韵律的、陌生的、芬芳的身体，他的心里立刻涌起了一种强烈的情欲，而这情欲正在支配着他。趁她默默无声时，他把她的手臂拉过来，紧紧地搂着她，他俩站在旅馆门口，感觉自己似乎摆脱了烦琐的生活和责任，摆脱了家和朋友，如今他们怀着两颗奔放而灿烂的心跑开了，他们要去开始一次新的冒险。

旅馆的门厅里，一位老人坐在一只椅背顶端突出的大椅子上，正打瞌睡。见到他们进来，就在柜台间点燃一支蜡烛，领着他俩上楼去。他俩默默地跟着他，轻轻走在铺了厚地毯的楼梯上。她跟在看守人的身后爬着楼梯，她低着头，微微拱起背，好像不堪重负般柔弱，她的衣裙紧紧地包裹着她的身体。他真想立刻伸出两只手臂去拥住她的臀部，抱着她的身体，要知道此刻正是因为他的手指甲使劲抵在手掌心上，才没有让他的身体做出那么狂热的行为来。看守人在楼梯上停了一下，好稳住摇曳的烛光。他俩也跟着停在他身后的下一步梯级上。寂静中，加布里埃尔感觉自己好像听见了融化的蜡油滴落在烛盘里的声音，还有他自己的心脏猛烈撞击肋骨的声音。

看守人领着他们走过一道走廊，打开一扇门。然后他在梳妆台上放下那只摇摇晃晃的蜡烛，询问早上几点钟喊醒他们。

"八点。"加布里埃尔说。

看守人指指电灯开关，咕哝着说道歉的话，但是加布里埃尔打断了他。

"我们不需要灯。街上照进来的光就足够了。我说，"他指指蜡烛，又添了一句，"麻烦你把这个漂亮的玩意儿也拿走吧，拜托了。"

看守人动作缓慢地拿起蜡烛，对于这样的一个请求，他看起来有些吃惊。然后他嘟哝了一声晚安就走了。

加布里埃尔锁上门。

窗外的街灯照进屋里，形成一道长长的苍白的光影，从一个窗口直照到房门。加布里埃尔把长大衣和帽子甩在长沙发上，走到窗前。他看了看下面的街道，努力想平息自己的情绪。然后他转过身，靠在一只五斗橱上，背对着光。此时，格莉塔已经脱掉帽子和披风，正站在一面很大的转动穿衣镜前，解她腰上的搭扣。加布里埃尔犹豫了一会儿，望着她，然后说：

"格莉塔！"

她慢慢转过身来，沿着那道光向他走过去。她脸上的表情有些严肃，还有点疲倦的样子，这让加布里埃尔没法说出心底的话，至少现在不行。

"你好像累了。"他说。

"是的，是有点儿累。"她回答道。

"你是哪里不舒服吗？还是感觉虚弱？"

"不，只是累了，没别的。"

她继续向前走到窗下，站在那儿看着外面。加布里埃尔又等了一会儿，后来，他生怕自己会被羞怯压倒，于是他突然说道：

"听我说，格莉塔！"

"怎么了？"

"你认识马林斯那个可怜的家伙吧？"他急速地问。

"认识啊，他怎么啦？"

"哎，可怜的家伙，不过说实话，他还是个正派人，"加布里埃尔的声音有些不自然，"我曾借给他一英镑的硬币，他还给了我，我其实并没想要他还，说真的。可惜他不肯离那个布朗远一点，因为他也不是个坏人，说真的。"

看着她用一副心不在焉的样子听他说话，他有些气恼，浑身都在颤抖。他不知道怎么开头才好。她是不是遇上了什么烦心事？她要是能转身向着他，或是走到他这儿来就好了！如果他现在过去搂她，就显得太粗鲁了。不，他必须要在她眼睛里看见一点儿激情才行。他急于掌握住她的奇特的情绪。

"你什么时候借给他那个英镑的?"停了一会儿,她开口了。

加布里埃尔努力压抑着自己,才没有对酒鬼马林斯和他的一个英镑说出什么粗鲁的话。他的灵魂已经在向她呐喊,他急切地想要把她紧紧搂抱在自己的怀里,急于要制服她。然而他嘴上却说:

"哦,圣诞节时候,他说他打算在亨利街上开个小小的贺年片商店。"

他被冲动和情欲的狂热支配着,连她从窗前走过来也没注意到。她站在他面前,盯着他好一会儿,眼神怪怪的。然后,她忽然把两只手轻轻地搭在他的肩头,踮起脚尖来,吻了吻他。

"你真大方,加布里埃尔。"她说。

因为她突然的一吻和她说这句话时的仪态,加布里埃尔心里顿时一喜,感觉全身都在颤栗。他把两手放在她的头发上,把它们向后抚平,手指几乎没有接触到头发。这洗得干干净净的头发真是又美又光亮。他的心被幸福装得满满的。正在他想要她的时候，她自己走到他这儿来了。也许她和他心有灵犀吧，也许她感觉到了他心中急切的情欲吧，所以她就有了一种顺从的心情。现在，她自己竟这样轻易地迎上来，他倒开始奇怪自己刚才为什么那么胆怯了。

他站着，双手捧着她的头。然后，一条手臂迅速滑过她的身体，将她搂向自己，温柔地说：

"格莉塔，亲爱的，你在想什么呢？"

她没有回答，也没有顺着他的手臂投身到他的怀里。他又温柔地说：

"告诉我，格莉塔。我想我知道你在想些什么。我知道吗？"

她没有马上回答。过了片刻后，她说话了，眼泪跟着流了下来。

"噢，我在想那首歌，那首《奥格里姆的姑娘》。"

她挣开他的手，跑到床边，两条手臂伸过床架的栏杆，她捂住了自己的脸。加布里埃尔惊讶地站在那里，一动不动，过了一会儿，他才向她走过去。当他经过转式穿衣镜的时候，他看见自己的整个身影，看见自己宽阔的结实的胸膛，看见自己脸上那迷茫的表情，这种表情他总能在镜子中看见，还有他那亮闪闪的金丝眼镜。在离她几步远的地方，他停了下来，问道：

"那首歌怎么啦？怎么会让你哭起来？"

她抬起头来，孩子气地用手背抹抹眼泪。他的声音变得比他预想的更和气了一些。

"怎么啦，格莉塔？"他问。

"我想起了一个很久以前唱这首歌的人。"

"那个人是谁？"加布里埃尔微笑着问。

"是我在盖尔维跟奶奶住的时候认识的一个人。"她说。

加布里埃尔脸上的笑容突然消逝了。他感到心中升腾起一股模糊的怒气，而他那股阴沉的情欲的烈火也开始在他血管中愤怒地燃烧。

"是一个你爱过的人吧？"他讥讽地说。

"是一个我从前认识的年轻人，"她回答说，"名字叫迈克尔·富里。他特别喜欢唱的一首歌，就是《奥格里姆的姑娘》。他是个非常聪明的人，不过身体很孱弱。"

加布里埃尔没有说话。他不想她认为，他有兴趣了解这个聪明的年轻人。

"我还清楚地记得他的样子，"过了一会儿，她说，"他有一双大大的、黑黑的眼睛！眼睛里的神色真是——真是——"

"哦，这么说，你当时爱上他了？"加布里埃尔说。

"我常跟他出去散步，"她说，"在我还住在盖尔维的时候。"

一个念头从加布里埃尔头脑中闪过。

"你想跟那个叫艾弗丝的姑娘一起去盖尔维，不会也是因为这个吧？"他口气硬邦邦地说。

"去干吗？"

她的目光让加布里埃尔有点儿尴尬，他不自在地耸耸肩头，装作无所谓地说：

"我怎么知道？或许是去看看他吧。"

她默默地把眼光从他身上移开，沿着地上的那道光，向窗口望去。

"他死了，"她终于说，"他十七岁就死了。这么年轻就死了，难道不可怕吗？"

"他是干什么的？"加布里埃尔的语气中还是充满讥讽。

"他在煤气厂工作。"她说。

加布里埃尔突然感到尴尬极了，他的讽刺落了空不说，还让她从死者中唤起一个在煤气厂干活的年轻人的形象。他本来满脑子想的都是他们亲密生活的回忆，满心都充斥着柔情、欢乐和欲望，可她这时却在心里拿他跟另一个人做比较。羞愧的感觉浇灭了他身体里的情欲。他突然发现，自己原来这么滑稽，他不过是一个给姨妈们跑跑腿儿，赚上一两个便士的小孩子；是一个神经质的、好心没好报的感伤派；是一个在一群俗人面前大言不惭地讲演，把自己小丑般的情欲当作美好理想的可怜人。他又看到了镜中的自己，他觉得自己真是一个可怜又可鄙的愚蠢的家伙。他本能地转过身去，背对着那道光，他不想让她看见自己被羞红的脸。

他试图重拾那种冷冰冰的盘问语气来和她讲话，可是他一开口，声音还是谦卑的、淡漠的。

"我想你跟这个迈克尔·富里谈过恋爱吧，格莉塔。"他说。

"我们那时候很亲密。"她说。

她的声音是含糊而悲伤的。加布里埃尔明白，他已经不可能把她引到他原先打算的方向上去，于是他抚摸着她的一只手，语气哀伤地说：

"那么他怎么那么年轻就死了呢，格莉塔？他是害了痨病吗？"

"我想他是因为我才死的。"她回答。

听到这个回答，加布里埃尔感到自己被一阵朦胧的恐惧抓住了，仿佛是在他有望达到目的的时候，某个难以捉摸的、惩罚性的东西就那么突然地跳了出来，挡住了他的去路，跟他作对，并从那个朦胧的世界里聚集力量来反对他。好在，理性唤醒了他，让他摆脱了这种恐惧，他继续抚摸她的手。他没有再问她，因为他觉得她会主动说出来。她的手温暖而潮湿，但它对他的抚摸没有作出任何反应，不过他还是继续抚摸着它，就像他在那个春天的早晨抚摸她的第一封来信。

"那是在冬天，"她说，"大约是才进入冬天的时候，我准备离开奶奶家，上这儿的修道院来。那时候他就病了，病得出不了门，人们已经给他在奥特拉尔德的亲人们写了信去。他得的是肺结核，我听人说的，又或者是跟这个很相似的病。我一直不清楚。"

她沉默了一会儿，叹了一口气。

"可怜的人，"她说，"他非常喜欢我，他人又是那么文雅。我们常常一起出去散步，你知道，加布里埃尔，在乡下人们都是这样的。要不是因为他身体不好，他就去学唱歌了。他有一副好嗓子，非常好，可怜的迈克尔·富里。"

"是吗，后来呢？"加布里埃尔问。

"后来我快要动身前往这里的修道院的时候，他病得更厉害了，家人不让我见他。我就给他写了一封信，说我要去都柏林了，夏天就回来，希望他能尽快好起来。"

她停了一会儿，稳定了一下自己的情绪，然后才继续说："后来，就在我动身的前一天夜里，我正在尼古岛上我奶奶的家里收拾着东西，突然听见有小石块掷上来，打在了我的窗上。窗子被雨水打湿了，根本什么都看不清，我看不见外面，于是就跑下楼，从后门溜到花园，这可怜的人正站在花园的一头，冷得浑身发抖。"

"难道你没让他回去吗?"加布里埃尔问。

"我哀求他让他马上回家去，我告诉他，他这样站在雨里会送了小命的。可是他说，他不想活了。我现在都还能清清楚楚地回想起他的那双眼睛！他站在围墙尽头，那地方有一棵树。"

"那么他回家了吗?"加布里埃尔问。

"是的，他回家了。我到修道院还没一个星期，他就死了，他被带回了奥特拉尔德安葬，那儿是他的老家。噢，那一天，我听说他死了的那一天啊！"

说到这里她顿住了，因为她已经抽噎得说不出话来，她无法克制内心的激动，扑倒在床上，把脸埋在被子里呜呜啜泣，加布里埃尔握着她的手，不知道该怎么安慰她才好。后来，他想还是不要在她悲痛的时候打扰她，于是他轻轻放下她的手，之后又轻轻地向窗前走去。

她哭了一会儿，然后睡着了。

加布里埃尔躺在床上，用手撑着头，平静地望着她乱蓬蓬的头发和半开半闭的嘴唇，听着她深沉的呼吸。他一直都不知道，在她一生中有过那么浪漫的爱情：一个人曾经为她而死去。他想到自己，作为她的丈夫，却在她生活中扮演了一个多么蹩脚的角色，不过这一点并没让他觉得有多痛苦。

此刻，她安静地睡着了，他在一旁默默地注视着她，仿佛他和她不是一对长期生活过的夫妻。他好奇地盯着她的脸，她的头发；他想象着，在她还是少女的时候，该是多么青涩美丽的模样，想到这儿，他心中突然产生了一种对她陌生而友好的怜悯。甚至对自己，他也不想说她的面孔如今已不再漂亮了，然而他知道，这张面孔已不再是那张迈克尔·富里愿意为它而死的那张面孔了。

也许，她并没有把所有的事情全部告诉他。他的目光移向那把椅子，那里放着她的几件衣服。衬裙上的一条带子垂在地板上，一只靴子竖着，上半部分耷拉了下来，另一只躺在它的旁边。他奇怪自己在一小时前怎么会有那样冲动的情欲。是什么引起的？是姨妈家的晚餐，是他那篇愚蠢的讲演，是酒和跳舞，是在门口道别时的说笑，是沿着河畔在雪地里散步的乐趣，难道是这些引起的？他有些迷惑了。

可怜的朱莉娅姨妈！不久后，她也要变成跟帕特里克·摩根和他的马一样的幽灵了。当她唱着《穿好嫁衣》的时候，他敏锐地察觉到了她脸上那一瞬间形容枯槁的样子。或许，用不了多久，他会再次出现在那间客厅里，穿了丧服，把绸帽子放在膝盖上。百叶窗关着，凯特姨妈坐在他身边，哭着，擤着鼻涕，给他讲述朱莉娅是怎么死的。他搜肠刮肚地想要找出一些能够安慰她的话，却只找到一些笨拙、无用的废话。是的，是的，这要不了多久就会发生了。

屋里的空气让他觉得肩膀冰冰的。他小心地在被子下伸展开手脚，挨着妻子躺了下来。

他想象着，一个接一个，他们全都将变成幽灵。在激情勃发的时候勇敢走到那个世界去，肯定要比随着岁月流逝而日渐枯萎消亡好得多。他想到，躺在他身边的她，想着这么多年来，她一直把情人对她说他不想活了时的那种绝望的眼神，深深地藏在心底。

想到这些，加布里埃尔的眼睛变得湿润起来。他自己从来没有对哪个女人有过那样的感情，但他知道，这种感情一定是爱。积在他眼眶里的泪水更多了，在半明半暗的微光里，他似乎看见了一个年轻人站在一棵滴着水珠的树下，旁边还有其他一些身影。加布里埃尔觉得自己的灵魂已接近众多死者的栖息地。尽管它们飘忽不定，变幻无常，但他还是能感觉到它们。他好像正融入到一个灰色的无法捉摸的世界里去；而他在这实实在在的世界里的身影，却正在溶解，直至化为乌有。

玻璃上传来几声轻轻的敲击声，引得他朝窗户看去，外面又开始下雪了。他困倦地望着雪花，那银白灰暗的雪花，斜斜地飘落到灯光上。他该动身前往西方了。报纸说得对：整个爱尔兰都在下雪。雪落在阴郁的中部平原的每一片土地上，落在光秃秃的小山上，落在艾伦沼泽，还落在香农河黑沉沉的奔流中。雪也落在山坡上的教堂墓地的泥土里，那里安葬着迈克尔·富里。雪花纷纷扬扬地落下，在歪歪斜斜的十字架上和墓石上，在一扇扇小墓门的尖顶上，在荒芜的荆棘丛中，都积起厚厚的一层。他听着雪花穿过宇宙，轻轻地向下飘落，微微地，就像最后时刻的来临，飘落到所有的生者和死者身上，他的灵魂渐渐昏睡了。

两个浪子

正值温热的八月，黄昏逐渐降临在这座城市，温馨的气氛和夏日的记忆弥漫着整个街区。由于是礼拜天休息日，大街上的窗门都关闭起来，一群群穿戴漂亮的人们在街上漫游，点亮的街灯如同耀眼的珠宝，光芒从灯柱的顶端一泻而下，照耀着街上不停变换着姿态和光色的人群，而那些人则在温暖而迷蒙的夜色中不断地窃窃私语。

两个年轻人顺着鲁特兰广场的斜坡走下来，其中一人似乎打算结束自己那冗长的独白，另外的一个则走在路边，不时被同伴粗鲁地挤到马路上，尽管如此，他还是一副十分乐意倾听的神态。他长得红润而粗壮，头上那顶赛艇帽掀得很高，因为听到朋友的那番长篇大论，他的笑意从眼角、嘴角和鼻翼漾出来，一缕缕地汇集到他的脸上，与此同时，他的笑声更是不绝于耳，夸张的肢体动作让他几乎站不住脚。他那双眼睛闪烁出狡黠而欢快的光芒，时不时瞥几眼同伴的脸。有那么一两次，他抖了抖像斗牛士一样披在一边肩膀上的浅色雨衣。他的马裤，他的白色胶底鞋乃至他随意披挂的雨衣，都彰显出他年轻的风采，然而他整个人又因为腰身而显得过于胖了些，灰白的头发有些稀疏，再看他的那张脸，一旦笑意消失，立马就会露出憔悴之色。

等到他确信朋友的那段宏论已告结束，他又轻声笑了起来，足足笑了半分钟，然后他说：

"哦……真是太有意思啦！"

和他偶尔露出的憔悴之色不同，他的声音听上去还很有些力度呢。为了加强语气，他又用一种调侃的语气补充了一句：

"真是特别，简直是举世无双，或者可以说绝无仅有！"

说完这句话后他便不再吭声了，那神情看上去像是若有所思。之前，他们在多塞街的一家酒馆里侃了整整一个下午，现在，他的舌头已经有点麻木了。

他叫列内汉，很多人都认为他是条寄生虫，尽管被人称此恶名，他却有足够的机敏和辩才去阻止来自朋友们对他的人身攻击。他可以毫无惧怕地闯进任何一间酒吧，参加他们的聚会，他常常机巧地待在一旁，直到被人邀请加入下一轮碰杯。大多数的时间里，他是个无所事事的家伙，他的脑子里总是装满了各种各样的故事、歪诗和谜语，而且对任何不敬和鄙夷都能做到视若无睹。因此，大家谁也不清楚他这几十年是怎么活过来的，只是觉得他跟赌马大概有些关联。

"那么，你是在哪儿把她搞上手的，考利?"他问。

考利伸出舌头，迅速舔了一圈上唇。

"有天晚上，伙计，"他这样说，"我正沿着贵妇街走，就在水塔的大钟下面，我逮着一个骚娘们儿，我就对她说了声晚上好。知道吧，我们绕着运河兜了一圈，她告诉我她在布袋街的一户人家里做女佣。那天晚上我搂抱了她，还捏了捏她丰满的身子。那之后，又过了一个礼拜天，伙计，我就约她见了面。我带着她一起去了尼布鲁克，领她钻进了一片麦地。她告诉我她以前跟过一个卖牛奶的家伙……还不错吧，伙计，每天晚上她都会给我送烟来，而且来回的车钱也全由她掏。有天晚上她给我送来两支特别棒的雪茄——哦，那真叫棒呢，知道吗，就是老家伙们常抽的那种……我开始担心了，伙计，我在想她是不是想到成家的事了。不过说实话，这娘们儿确实挺滑头的。"

"也许她以为你会娶她呢？"列内汉说。

"我跟她说过我没工作。"考利说，"我说过我给'皮姆'干过。她不知道我叫什么，当然，我也不好意思告诉她，不过，她倒是认为我是挺有身份的人呢，知道吧。"

列内汉又像之前那样，轻声笑起来。

"这么棒的娘们儿，我可从来没听说过呢，"列内汉说，"真是太有意思啦。"

朋友的恭维，显然让考利很受用，他加大了步伐，那结实的身体左右摇晃，弄得他的伙伴只好在小道和马路间拐来拐去。考利的父亲是个警察巡官，他的身架和步态跟他的父亲简直是一个模子，走路时手垂两侧，身体挺直，脑袋一晃一晃的。他脑袋又大又圆，而且油光闪亮，不管什么样的天气，总是汗津津的。他歪戴着一顶大圆帽，看上去就像是从一只土豆里长出来的另一只土豆，搞笑极了。

他总是直视着前方，好像在列队行走，如果他想瞧瞧身后有什么人，就得把整个屁股都倒转过来。如今，他常在城里闲逛，只要哪儿有事情可做，就会有朋友前来劝说他。时常有人看见他与便衣警察走在一起，谈笑风生。他似乎对任何事情的内幕都了如指掌，而且喜欢品头论足，通常他在发表高论时根本不听对方说些什么。他的话题总是离不开自己：他跟谁说了些什么呀，谁跟他又说了些什么呀，以及他又说了些什么话将一些棘手的事情搞定之类的。他复述这一切时，总会按佛罗伦萨人的习惯，把自己名字的第一个字"考"念成"豪"。

同伴列内汉递给他一支烟。两个年轻人穿过人群时，考利总是不停地挑逗过往的姑娘，而列内汉则始终盯着被月晕环绕的黯淡的圆月，他注视着灰暗的流云掠过月亮的脸，眼神里有无限的痴迷。过了好一会儿他说：

"哎……告诉我，考利，你有把握搞定吧，嗯？"

考利意味深长地闭上一只眼，算是回答。

"那么她会顺从你吗？"列内汉疑惑地问，"你可不了解女人。"

"放心吧，不会有问题，"考利说，"我知道如何摆布她，伙计，她对我可是百依百顺。"

"这么说来，你是个情场老手啰，而且是那种地道的老手！"列内汉说。

他的这番恭维里面掩藏着一丝嘲弄的意味，为了让自己脸面上过得去，他总是习惯于将一些嘲弄掺杂进他的奉承里。好在考利的脑瓜没这么聪明，他丝毫没有意识到。

"伙计，玩什么女人都不如玩女佣，"考利似乎很有心得地说，"记住我的话。"

"只有什么女人都玩过，才敢这么说。"列内汉道。

"起先我喜欢泡小妞，知道吧。"考利诚恳地说，"就是南区的那些小妞。我常常掏钱领着她们坐车到处玩，伙计，我带她们去戏院听音乐会或者看戏，要不就买些巧克力糖果什么的，说实在的，我在她们身上花的钱还真不少啊！"他说话的口气很认真，好像担心别人不会相信他。

不过列内汉却深信不疑，他表情严肃地点了点头。

"我懂这一招，"他说，"这是傻瓜才用的招数。"

"你是不知道，我废了多大劲才甩掉她们。"考利说。

"是有点儿傻。"列内汉说。

"不过我还是迷上了其中一个。"考利说。

他说着，伸出舌头舔湿了上唇，一双眼睛仿佛被回忆点亮了，这时候他也如列内汉一样凝视着月亮苍白的脸盘，好像陷入了沉思。

"她……其实挺好的。"考利说，脸上有些愧意。

沉默一阵后，他又补充说："她现在走上歧途了，有天晚上我看见她和两个家伙坐在车里，从伯爵街飞驰而过。"

"我觉得这都是拜你所赐。"列内汉说。

"可是，在我之前她还跟过别人呢。"考利说，显得很世故。

这次列内汉可不大相信了，所以他摇了摇头，笑着说："你可蒙不了我，考利。"

"上帝作证！"考利说，"这可是她自己告诉我的！"

列内汉做了个伤心的手势，说："欺骗朋友，这可是卑鄙的行为。"

两人继续前行，走过三一学院的护栏时，列内汉跳到马路上望了望钟楼。

"超过二十分钟了。"他说。

"时间足够，"考利道，"她会在那儿的，我总是让她等一等的。"

列内汉一阵窃笑。

"嘿！考利，你对付女人可真有一手啊。"他说。

"我能看穿她们所有的伎俩。"考利承认。

"不过你还是跟我说说，"列内汉道，"你真有把握做得到？这可是一件挺棘手的事呢，通常情况下，她们在这种事情上很坚持的……对吧？"

列内汉说着，用他那双闪亮的小眼睛搜寻着伙伴的脸，试图得到肯定的答复。考利晃了晃脑袋，像是要甩掉一只纠缠的小虫，眉头也皱了起来。

列内汉见此情形，便不再吭声。他可不想惹恼他的伙伴，招来一顿臭骂，说是根本不需要他出什么馊主意。当然，玩点小花招是必要的。不过考利的眉头很快又舒展开了，他的思绪又换了一种方式，继续神游。

"她是个正经妞儿，"他说，脸上呈现出一副很欣赏的表情，"确实很正经。"

他们沿着拿骚街溜达，然后又拐进了吉尔戴街。在距俱乐部门廊不远的人行道上，站着一个弹奏竖琴的人，他正朝着一小圈的听众拨动琴弦。他漫不经心地拨着，不时瞟一眼后来者的脸，或者同样漫不经心地望望天空。他那把竖琴和他一样，也显得心不在焉，琴罩脱落在地，那颓靡的模样就和听众的眼神和弹拨者的手一样毫无生气。弹奏者弹奏的是一支名为《安静些，哦，摩伊尔》的曲子，他的双手一只在低音区弹奏，另一只则在每组音符过后掠过高音区，听起来深广而丰盈。

两个年轻人一声不响地走在马路上，哀伤的音乐一直尾随着他们。快走到斯蒂芬公园时，两人横穿过马路。灯光、人群和喧嚣的汽车声在他们周遭响起，落寞已经远离了他们。

"她在那儿！"考利说。

顺着考利望去的方向看，一个年轻女子正站在休姆街拐角处。她穿着一件蓝色上衣，头戴一顶白色水手帽，就站在分界石的上面，手里还撑着一柄遮阳伞。列内汉马上来了兴致。

"我们好好瞧瞧她，考利。"他说。

考利斜眼瞅着他的伙伴，脸上露出一丝不快的神色。"难道你也想插上一手？"他问。

"什么话！"列内汉正色道，"我又没叫你引荐，只是想瞧瞧她而已。难道我会吃了她不成。"

"噢……瞧瞧她？"考利说着，口气也变得温和了些，"好啊……你就按我说的去做。我过去跟她搭话，你就从旁边走过去。"

"行！"列内汉说。

考利的一条腿已经跨过护栏，这时列内汉又叫住了他："那之后呢？我们在哪儿见？"

"十点半。"考利回答说，另一条腿也跟着跨了过去。

"在哪儿？"

"梅里恩街拐角的地方，我们会转回来的。"

"那就好好干吧!"列内汉挥手向同伴加油。

考利没有答话,他慢慢悠悠地穿过马路,还是那副摇头晃脑的样子。他那魁伟的身躯、自如的步态和铿锵有力的脚步声,让他有了一种征服者才有的气派。他走近那年轻女子,没有任何寒暄,立刻就攀谈起来。她似乎很开心,手中那柄遮阳伞舞得更快了,脚跟转来转去。有那么一两次他凑近她说话时,她笑得低下了头。

列内汉的一双眼睛凝视着他们,大概有好几分钟,随后他沿着护栏快步走了一段路,紧接着斜穿过马路。快走到休姆街拐角时,一股浓郁的香味向他袭来,他赶紧看了一眼那个年轻女人。她穿了一身礼拜天的盛装,一条黑皮带束在藏青哔叽裙的腰间,皮带上一枚硕大的银纽扣在她身体中央,看上去恰到好处,如同一只别针别住了她那件质料轻巧的白色上衣。她套了一件镶着珍珠母纽扣的黑色短夹克衫,还披了一条黑色毛皮围巾。围巾略显陈旧,两端似乎是有意松开的,露出一大朵别在胸前的红玫瑰。列内汉用一种钦慕的目光注视着她那结实的躯体。她的脸庞,红润丰腴的面颊,一双碧眼毫无羞色,她身上的一切全都焕发出一种坦荡和豪爽的气息,使得她整个人显得不拘小节。她的鼻孔很大,嘴也不小,每逢抛媚眼时她的嘴便向后咧开,露出两颗凸出的门牙。

列内汉按照约定好的，从他们旁边走过，这时，他取下了帽子向他们行了个脱帽礼。过了大约几秒钟，考利也向他致以回礼，他漫不经心地向同伴挥了挥手，又挪了挪帽子。

一直走到谢尔本酒店列内汉才停下来，他在那里等着。等了好一会儿后，他才看见他们朝他走来，等到他们往右边拐的时候，他便尾随上去，踏着那双白鞋轻巧地走着，一直沿着梅里恩广场的一侧走。配合着他们行走的节奏，他也不紧不慢地跟着走，他看见考利的脑袋像一只转轴上的打球，老是转向那个年轻女子的脸。列内汉的双眼，就一直那么紧盯着他们那一对儿，一刻也没让他们走出他的视野，直到他们登上多尼布鲁克电车的阶梯。这时候他才转过身，顺着原路往回走。

孤身一人的他，此时看上去面容憔悴，别人的欢乐似乎也已弃他而去。当他走到杜克草坪前的护栏时，他伸出一只手抚摸着护栏慢慢走着。竖琴弹奏者制造出来的那种凄凉的氛围，似乎又笼罩上了他的心头。他的脚轻柔地踩着节拍，而手指也伴随着每一组音符，一路慵懒地敲打着护栏。

他绕着斯蒂芬公园漫无目地走着，随后便拐进了格雷夫顿街。虽然在穿过人群时他看到了许多新奇的东西，可是心情却并没有变好，既不屑于理睬那些企图取悦他的东西，也不想搭理那些鼓励他大胆些的热切目光。他知道他现在需要说些什么才好，胡说八道，或者滔滔不绝，但是他的脑瓜和口舌已经干涸，它们已经无法胜任这种工作。

现在，该如何排遣与考利碰面前的这段时光，他在心里盘算着，显然，这个问题让他有点儿心烦。除了不停地走动，他想不出还有什么更好的方法。走到鲁特兰广场的拐角时，他转向了左边，他觉得置身于阴暗而宁静的街区里，自己或许会更自在些，他认为那种氛围比较符合他现在的心境。后来，在一间简陋的店铺橱窗前，他终于停了下来，橱窗上方写着"爽心酒吧"几个白字，橱窗玻璃上则有两行草体"姜汁啤酒，姜汁麦酒"，里面的一只蓝色大盘里摆放着一块切开的火腿，火腿旁配有一碟非常非常薄的葡萄干布丁。他专注地望着这些食物，注视了好一会儿，随后他瞅了瞅马路前后，便快步钻进了酒吧。

他真是饿坏了，因为除了向两位吝啬的助理技师要来几块饼干裹腹，从早餐到现在，他还没吃过任何东西。他在一张没有铺台布的木桌前坐下，对面是两名女招待和一名修理工。一个看上去很是邋遢的姑娘走过来侍候他。

"青豆多少钱一盘?"他问。

"一个半便士,先生。"姑娘说。

"来一盘青豆,"他说,"一瓶姜汁啤酒。"

他故意用一种粗鲁的语气,想以此掩饰自己的斯文气,因为他察觉到打他一进来,别人就停止了说话。他的脸颊滚烫,为了让自己看上去更自然些,他把帽子往后推了推,又把手肘支在桌子上。那修理工和两名女招待上下打量了他一遍,随后便压低了说话的声音。那个邋遢姑娘给他端来了一盘热乎乎的青豆,上面调了些胡椒粉和醋,此外,还有一把叉子和他的姜汁啤酒。他不管不顾,立刻狼吞虎咽地吃起来,感觉味道真是好极了,便暗暗记下了店名。吃完了所有的青豆,他慢慢啜饮着姜汁啤酒,脑袋里开始想象考利所冒的风险。

他想象那对恋人正走在幽暗的马路上,他听到了考利正用低沉的嗓音向那个女人大献殷勤,又看见那年轻女人正张嘴抛着媚眼望着考利。这种幻象让他觉得自己简直穷愁潦倒至极,就像一个一文不名的乞丐。对于流浪,对于扯谎,还有各种骗术和阴谋,他已经感到深恶痛绝,过了十一月他就满三十一岁了,难道他永远也找不到一份好的工作?难道他永远都不会有一个自己的家?他心想,要是能坐在一堆暖和的炉火旁边，饱餐一顿美味佳肴，那该多么惬意。他与他的伙伴和各种女孩一同玩乐的时间已经够长了，什么朋友，什么女人，他开始对这世界充满了抵触。

好在希望并没有离他远去，吃饱后的感觉确实要比吃饱前好很多，也少了许多烦恼和空虚。要是碰上那种心地单纯而又备好了嫁妆的姑娘，他兴许还可以在哪个暖和的角落里安顿下来，并且过上快乐的日子。

他掏出两个半便士给了那脏姑娘，从酒吧出来后他又开始溜达。他先是走进凯伯街，朝着市政厅一直往前走，随后又拐入贵妇街，在乔治街拐角他碰上了两个朋友，于是停下来和他们攀谈，他似乎很高兴可以停下来歇会儿。朋友们问他是否见到过考利，并问他近况如何。他说他一整天都跟考利在一起。那两个朋友说话不是很多，百无聊赖地望着人群中的什么人，不时地议论几句，言语很是刻薄。其中一人说他刚才还在摩兰西街见到过麦克，听到这话列内汉便说昨晚他在伊根酒吧还与麦克待在一起。在摩兰西街见着麦克的那个年轻人问，麦克玩撞球真的赚了一把吗。列内汉对此并不知情，他只是说霍洛汉在伊根酒吧请他们喝了几杯。

差不多差一刻十点的时候，他与朋友们分手，拐上了乔治街。进到城市商场时，他左拐进入了格雷夫顿街。原本成群结队的青年男女此刻已经变得稀稀落落，一路上，他听着一伙伙的人和一对对的人互道晚安。当他来到外科医学院的钟楼时，十点钟的钟声刚好敲响。于是，他沿斯蒂芬公园的北侧快步前行，他担心考利会回来得太早。刚赶到梅里恩街拐角的地方，他在一盏街灯的阴影里停住了脚步，从兜里省着没抽的香烟中掏出一支，点着了。他倚着灯柱，注视着他认为考利和那年轻女子会出现的那个方向。

他的思绪又开始活跃起来，心里思量着不知考利进行得是否顺利。他猜测不到考利是否已提出要求，或者他是否要等到最后一刻才这样做。他为伙伴身处的种种惊险而担惊受怕，就好像那些惊险也属于他自己。不过一想起考利对这件事情早已深思熟虑，他又多少有些安慰：他相信考利肯定会顺利得手。他忽然有一种念头，觉得考利或许会从另一条路送她回家，而忘记他还有个伙计等待在这里。他搜寻着马路，却不见他们的身影。自从他在外科医学院看过钟后，肯定又过去半小时了。难道考利真的把他给忘了？他点着最后一支烟，神情紧张地抽起来，一双眼睛专注地盯着每辆在广场远端停靠的电车。他心里开始有了结论：他们肯定从另一条路回家去了。他嘴里胡乱骂了一句便将搓碎的烟蒂掷向马路中央。

就在这时，突然，他看见他们朝他这边走来。他觉得快活极了，以致浑身发抖，他连忙紧贴灯柱，窥探着他们，想从他们的步态中看出一些端倪。他们走得很快，年轻女子迈着急速的碎步，考利则大步走在她的身边，两人好像都没有说什么话。某种预感如同利器一般刺痛了他。他知道考利没有得手，事情将到此为止。

看到他们转向布袋街，他便立刻尾随上去，走在另一侧人行道上。他们停下来，他也跟着停下。他们大概聊了几分钟，随后那年轻女子便步下台阶走进了一幢住宅。考利则在距前排台阶不远的路边站着，一动不动。几分钟过去了，只见前厅大门被缓慢而小心翼翼地推开，一个女人一边咳嗽一边跑下台阶。考利转身迎向她，他那宽大的身躯把她整个人都护住了，过了那么几秒钟，她又重新跑上台阶。大门在她身后关上了，考利开始疾步朝斯蒂芬公园走去。

列内汉急忙赶往同一方向，这时有几颗雨滴落下来。他把雨滴看做是一种警告，他回头警惕地瞧了一眼那年轻女子隐身的住宅，看看是否有人瞧见了他，确定没有人后，他就急忙穿过马路，焦急和奔跑已经让他气喘吁吁。他叫道：

"哎，考利！"

考利转过头，张望着看看是谁在叫他，接着他又继续像先前一样往前走。列内汉在他身后卖力奔跑，腾出一只手将雨衣披在肩上。

"哎，考利！"他又叫。

他追上他的伙伴，热切地注视着他的脸，却什么也没有看出来。

"怎么样？"他说，"成了吗？"

他们来到了伊利事务所拐角处，考利没停下来，左拐走上旁街，依旧一声不吭，他的表情看上去严肃而平静。列内汉追赶上伙伴，局促不安地喘着粗气，他一脸迷惘，声音中透出一丝迫切。他说："你就不能说说？你到底得没得手？"

在第一盏路灯下考利停住了脚步，他鬼鬼祟祟地瞧了瞧前方，然后以一种庄重的姿态将一只手迎着灯光伸展出去，他微笑着，将手掌缓缓摊开在他的尾随者的目光下。他的掌心里，是一枚闪闪发亮的小金币。

寄宿客栈

穆尼太太是屠夫的女儿。她是一个很有主见的女人，性格果断，做事情也果敢坚定。她嫁给了给父亲帮工的一个工头，并在斯普林附近开了一家肉店。令她想不到的是，她的父亲刚刚去世，穆尼先生就开始放肆起来。他不仅酗酒偷偷花光了钱柜里的钱，还欠了一屁股的债。很多次他都发誓再也不赌了，可过不了几天，他的赌瘾照犯不误。不仅如此，他还在顾客面前殴打老婆，卖变质的肉，结果毁掉了自己的买卖。

这种生活，他们过了很久。直到一天晚上，他竟然手提杀猪刀去找老婆，害得穆尼太太去隔壁人家躲了一夜，自此他们就分居了。

穆尼太太去神父那里解除了婚约，自己抚养孩子。她不再给丈夫钱，也不再过问他的食宿问题。于是，他只好去市政厅谋取一个差事。说实在的，他真是一个一无是处的人，衣衫褴褛的他驼背，个子很小。他的脸色惨白，白胡子、白眉毛下面一双浑浊不清而布满血丝的小眼睛，一看就是个不折不扣的酒鬼。他一天到晚坐在值班室里，等着被人差遣。

而穆尼太太就不同了，她是个身材高大面色严肃的女人，离婚后她用剩下的钱，在哈维克街开了一家寄宿客栈。客栈里的客人很多，多半是从利物浦和马恩岛来的游客，偶尔也会有一些表演歌舞的艺人。当然，常住的客人主要还是城里的职员。她非常聪明，很懂得如何经营这家客栈，她知道什么时候可以赊账，而什么时候需要苛刻一些。那些常住客栈的年轻人都亲切地喊她老板娘。

还有一些年轻房客，每个礼拜会给穆尼太太十五先令的饭钱和房钱，当然，酒水除外。这些年轻人性格都很合得来，相处得也十分融洽。

穆尼太太有个儿子，叫杰克·穆尼，在舰队街的一家商号里做职员，是个有名的刺头。他嘴巴上爱学大兵们讲的粗话，也总是很晚才回家。遇到朋友他总有很多有趣的事情要说——比如哪一匹赛马很可能获胜啦，一个杂耍艺人可能要走红啦。此外，他还很会玩棒球，唱滑稽歌曲唱得也不错。

　　每逢星期日晚上，穆尼太太客栈的客厅里经常举行联欢会。歌舞杂耍艺人表演节目；谢里登演奏华尔兹、波尔卡即兴伴奏乐曲。而穆尼太太的女儿——波里·穆尼，常常也会为大家献唱一曲。她表情丰富地唱道：

　　　　"我是个……调皮姑娘。

　　　　你不必跟我装腔，

　　　　你知道我是啥样。"

　　波里年方十九，身段苗条，长着一头浅色的柔发和一张丰满的小嘴巴，一双灰中带绿的眼睛，讲话时总爱向上瞥，看上去像是一位任性的小姐。

　　起初，穆尼太太把她送到一个玉米商的办事处当打字员，可波里那个恶棍老爹却总往办事处跑，要求和自己的女儿说话。无奈之下，穆尼太太只好把女儿接回家做家务。波里年轻好动，性格也活泼，穆尼太太就有意让她和年轻的小伙子多接触。年轻人在一起本来就容易互生好感，一来二去，波里就和那些年轻人眉来眼去了。不过，穆尼太太到底是个精明的人，心里自然很清楚那些青年人对波里表示好感只是为了消磨时间，事实上却没有一个是认真的。

这样的日子维持了一段日子，等穆尼太太又想把波里送回去打字时，她开始注意到波里和一个青年人已经有点意思了。不过她没有出来制止，只是暗中观察着这对年轻人，不露声色。

波里当然知道母亲在暗中监视她，不过既然母亲一直不说破，想必也是有她的深意。就这样，母女之间既没有挑明也没有达成协议。到了后来，当穆尼太太觉得时机成熟了，就开始出面干预了。她处理道德问题一如快刀砍肉，快、准、狠。其实从一开始，在这件事情上她就拿定了主意。

一个初夏星期日的早晨，阳光明媚，天气很热，不过好在有徐徐清风吹拂着。客栈里所有的窗子都打开着，房间里还算凉爽。乔治教堂钟楼上的钟声响起来，前去做礼拜的教徒们陆陆续续穿过教堂前的小广场，他们戴着手套，手里拿着经书，神情肃穆。

寄宿客栈里的用餐时间已经结束，餐桌上一片狼藉，散落着没吃完的残羹剩饭。穆尼太太坐在扶手椅里，看女仆玛丽收拾餐桌。这时，她开始回想昨晚和波里的谈话。情况果真和她预料的一样：她问得直截了当，波里也毫无隐瞒。不过母女两个都很不自在。母亲的不自在源于发生这样的事情后她不能随随便便地就表示许可。而波里呢，不单单是对这种事情的害羞，更深一层的不自在是因为她不想让母亲察觉到，自己其实已经猜透了母亲的真正用意。

穆尼太太正想得入神的当口，教堂的钟声突然停止了，这让她猛然回过神儿来，于是本能地看了一眼壁炉上的钟表。十一点十七分。嗯，时间还很充裕。穆尼太太觉得是时候和多兰先生挑明这件事了。解决好这件事，她还要在十二点之前赶到马尔波罗街乘车。她相信自己有绝对的胜算。事情到了这一步，她必须得到应有的赔偿。波里天真无知，很显然，是他占了她的便宜。不过说到怎么赔偿，她还没想好。

这种事情，对于男人来说简直就是占了大便宜，他们既享受了快活，又可以当一切没发生过。但女人可就不同了，那可是女孩子的清白啊！想到这里，穆尼太太决定：结婚才是最好的补偿。

决定好之后，穆尼太太让玛丽去楼上请多兰先生下来，说房东太太想跟他谈谈。对此，她信心十足。她认为多兰是个品行持重的年轻人，不像其他人那样行为不检。如果换成谢里登先生、米德先生或是班塔姆·莱昂先生，那她可真要为难了。她觉得他一定也不想把这事弄得人尽皆知满城风雨的。再者，他已经在一个天主教徒的葡萄酒商办事处工作了十三年，如果这样的事情被宣扬开去，说不定他还会丢掉饭碗呢。当然，如果他们达成共识，那一切都好说了。毕竟，多兰的收入也算得上丰厚，积蓄也有一些。

钟表指向十一点半，穆尼太太看了看镜子中的自己。脸色红润，眼神果敢，她对自己的状态感到很满意。

而与此同时，多兰先生却心乱如麻。一想到昨晚的忏悔，一阵痛苦便向他袭来。如今，神父了解了整件事情的所有细节，最后给他的判词是：罪孽深重。如果能有机会补偿对他来说还真是万幸呢。已经做出了这种事情，伤害也无可避免了，除了结婚或者逃婚，还能干些什么事情呢。他绝望地坐在床上，想着这种不光彩的事情或许已经传得人尽皆知了，毕竟，都柏林不是一个太大的城市。恍惚中，他仿佛听到年迈的利昂纳德先生用他那尖厉的声音喊道："请叫多兰先生来。"想到这里，他的心咚咚直跳，简直要跳到嗓子眼里了。

　　这么多年的辛苦付出和长期以来才建立起来的声誉就这样付之流水了！一想到这里，他就很不甘心，当然，作为一个青年人，他也有过放荡的生活，不过那都是很久以前的事情了，如今他遵守教徒的教规，一年中百分之九十的时间他都过着正经生活。发生了这样的事情，他也想过把波里娶回家，他有钱，完全有能力去维持一个家庭。可问题的关键不在于此，而在于他的家人会看不起她。首先，她的父亲声名狼藉，再者她母亲的营生似乎也不太体面。他甚至开始感觉，和波里发生那样的事情本身就是一个圈套。他几乎可以想象出朋友们在这件事上对他的态度，他们一定都在嘲笑他。还有一点让他不情愿的是波里的俗气，不过如果他真心爱她的话，又何须介意这些呢？所以，他的直觉告诉他，结婚这事是不可行的，应保持自由身才对。人们不是总说"婚姻是坟墓"吗。

　　他神情恍惚，机械地穿着衬衫和长裤。这时候波里叩门进来了，她说她把一切事情都告诉她的母亲了，想必母亲会来找他谈话。她说完哭了起来，搂住他的脖子。她说她已经没有生活下去的信心了。他叫她别哭，徒劳地安慰她说不会有事的。隔着薄薄的衬衫，波里感觉到他的心脏在剧烈地跳动。

　　当然，发生这样的事情，也不能全怪他，作为一个单身青年，总是抵抗不了一些诱惑的。他记得那天深夜，他正准备睡觉，她来找他。说风把她房间的蜡烛吹灭了想找他借火。那天晚上她穿了一件宽松的睡衣，刚洗过澡的皮肤泛着红光。之后，仿佛一切就这样自然地发生了，他们在拐角处依依不舍地互相望着，他俩还接吻，他清楚记得波里的那双灰绿色的眼睛，他们肌肤间的接触，还有那种难以言说的欢乐……

可是，到底该怎么办呢？如今罪孽已经造成，他作为教徒的廉耻心告诉他，他必须为此承担责任。

就在这时，玛丽上楼来了，站在门口说女主人想见他。他站起来，胡乱地穿上了外套，他感到一种前所未有的绝望。他告诉波里不会有事的，让她不要害怕，然后他走下楼去。此刻的他真想遁地逃到别的国家去，可是他知道有些事情根本无法逃避。走到最后几级台阶的时候，他碰到了杰克·穆尼，看到他正提了两瓶巴斯从厨房走出来。

房间里只剩下波里，她坐在床边哭了一会儿，然后擦干眼泪，走到穿衣镜前。她先是看了看自己的侧脸，又整理了一下发卡，然后又走回床边坐了下来。她望着床上的枕头，望了许久，突然，她内心深处那种秘密的温柔的回忆被唤醒了。绝望的情绪消失了，她开始耐心地等候着，并伴着一些欢喜。对往事的回忆在毫无察觉之中变成了某种向往，那种向往是让人灼热而充满渴望的。

终于，她听见了她母亲的召唤。母亲喊道："波里，波里，快点下楼来，多兰先生有话要同你说呢。"

这个时候她才有了清晰的意识，也终于了解了自己一直等待的是什么。

赛车之后

　　子弹一样的汽车掠过纳亚斯大道，向着都柏林飞驰而去。在英契科山顶上，游客们三五成群地聚集在一起，正激动万分地观看汽车匆匆返回故里的一幕。正是通过这条贫瘠的路线，欧洲大陆聚敛了自己的产业和财富。此时，人群中不时地发出阵阵欢呼声，为那些落后的选手鼓劲加油，不过他们真正同情的其实是那些蓝色的汽车——那些法国朋友的汽车。

　　那些法国人其实已经胜券在握，他们的车队已经跑完了全程，赢得了第二名和第三名的好名次。排名第一的是那辆德国车的车手，听说他是比利时人。因此每当一辆蓝色的汽车奔上山顶，大家便齐声欢呼，而每一阵欢叫又赢来了车手们的点头和微笑。

其中有一辆漂亮的汽车，里面坐着四个年轻人，此刻，他们那副兴高采烈的样子，远远超过了为法国人的胜利而高兴的程度，他们看上去简直就像是在狂欢。他们四人是车主夏尔·赛古安，加拿大出生的年轻电工安德鲁·利维埃尔，个头高大的匈牙利人维罗纳，还有一位衣冠楚楚的小伙子多伊尔。赛古安很快活，因为他先前出乎意料地接到一批订货单（他即将在巴黎开设一家车行）；利维埃尔很快活，因为他先前被指定出任那家车行的经理。这两个年轻人这么快活（他们是表兄弟），还因为法国车队获得了胜利。维罗纳也很快活，因为他终于得以饱饱吃了一顿，况且他天生就是一个乐观的人。那第四个人呢，由于过于激动，现在已经快活得不知如何才好。

这第四个年轻人，年约二十六，长着一脸柔软的浅棕色胡髭和一双天真无邪的灰色眼睛，他父亲早年是一位激进的民族主义者，但很早就改变了观点，后来在王城卖肉，又在都柏林城内城外开店铺，这让他赚了不少钱。他的运气还不错，一直以来都得到了警察的某些照顾，最后变得阔绰起来，成为被都柏林报界不时提及的大富豪。起先，他把儿子送到英国一所大型天主教学院念书，后来又送他到都柏林大学学法律，可是吉米（多伊尔的昵称）对学业一直都不是很上心，有一段时间甚至称得上行为放荡，反正他有钱，又有人缘，于是便把时间和兴趣都花在了音乐和汽车上。再后来，他又被父亲送往剑桥去长见识，在那儿待了一个学期。他父亲表面上对他的所作所为很是不满，总是教训他，事实上却打心眼里欣赏他这种无节制的生活，所以，他在付清了儿子的欠账后，又把他带回了老家。

吉米初次和赛古安相遇，就是在剑桥。那时，他俩刚相识，吉米就发现跟这样一个人相处真是其乐无穷，他见过那么多世面，而且据说他还是法国几家最大的旅馆的拥有者。这样的人（连吉米的父亲也同意）虽然算不上是非常可爱的伙伴，但也值得交往。当然，维罗纳也很讨人喜欢，他是一位十分出色的钢琴手，可惜的是，他的家境清苦了些。

汽车载着这群欢乐的年轻人快活地往前开。那对表兄弟在前排就座，吉米则跟他那位匈牙利朋友坐在后面。维罗纳的心情显然十分愉快，一路上都用他那深沉的男低音哼着曲子。两个法国人时不时地哈哈大笑，偶尔从前座抛过来一些玩笑话，弄得吉米不得不探过身子，才能捕捉到那些连珠炮似的笑话，他不光要去猜测它们的意思，还得顶着犀利的风大喊，以便作出恰当的回答，这可不是一件轻松的事，更何况维罗纳的哼哼唧唧简直要吵死人，此外，还有汽车的嘈杂声不绝于耳。

无疑，这场风驰电掣的运动让人感到很有激情，更何况还有这些臭味相投的哥们儿，又有钱，这是让吉米感到兴奋的三个原因。那天他在这伙哥们儿的陪伴下跟很多朋友见了面。车子在中途停靠站，赛古安介绍他去见了一些法国赛车手，其中一位车手的那张黝黑的脸上露出了一排明亮的白牙，算是对他那种茫然的敬意做出了回答。受到那样的礼遇后，再回到观众的胳臂和笑脸当中，他感觉到这确实是一件愉快的事情，何况还有钱呢——他的确掌握了一大笔钱，当然，也许在赛古安眼里，那并不能算是一大笔钱，不过吉米尽管偶尔也会犯一些恶习，但还是继承了他父亲谨慎的本性，所以他深知积攒这么一笔钱是多么不容易。鉴于这种认知，他从不挥霍无度，虽然当年他一时兴起花费了不少，不过他总是能适可而止，他明白那些都是血汗钱，现在，要把自己的一部分财产都用来投资，这对于他可不是一件开玩笑的事，所以自然就要倍加慎重了。

当然这笔投资看上去还是有利可图的，因为赛古安巧妙地让人产生这样一种印象：他只是看在哥们儿的面上，才把他那几个爱尔兰小钱算进了车行的资本里。吉米很佩服父亲做生意的那种精明头脑，这笔投资起先还是父亲出的主意。做汽车生意可以挣钱，挣大钱，况且赛古安看起来确实有着雄厚的财力。于是吉米每天都会坐上这辆派头十足的汽车。它跑得多神气啊，在这乡村道路上真是出尽了风头！这趟旅行就仿佛是一只神奇的手指，按住了生命的真实脉搏，它让所有人的神经都振奋起来，同那奔驰的"蓝色动物"一齐跳动。

他们驾车朝着贵妇街的方向驶去，街上交通格外拥挤，到处都响着汽车喇叭声，还有急不可待的电车司机敲响的铜锣声。快到英格兰银行时，赛古安将车停住，吉米和他的朋友下了车。不一会儿工夫，便有一小群人聚集在人行道上，对这辆漂亮的汽车表示敬意。之后，这几个年轻人约定晚上在赛古安的旅馆吃饭，吉米和他那位形影相随的朋友则回家换身衣服。随即，汽车缓缓驶往格雷夫顿街，这两个年轻人从围观的人群中挤了出去。他们向着北面的方向走去，心中有些莫名的失落，头顶上的那一盏盏灯，在夏夜的雾霭中闪出昏黄的光。

吉米的家人把他参加这场晚宴看成是一件大事。他父母反复玩味着那些外国大城市的名称，感到十分惶惑，但惶惑中又夹杂着某种骄傲，还有某种渴望。吉米已经穿戴完毕,看起来也挺帅气,他站在客厅里,最后摆弄了几下领带上的蝴蝶结。或许从生意人的角度而言,他的父亲感到了一种满足,要知道儿子身上的那种品性,用钱是买不来的,因此他对维罗纳也表现得格外友善,那种态度体现出了一种对异国才艺的真正崇敬。不过那位匈牙利人也许并没有注意到主人的这种微妙情感,他正迫不及待地想饱餐一顿呢。

晚餐很丰盛,味美可口,无比美妙。吉米觉得赛古安有很高的品位。晚会上又增加了一位名叫罗斯的年轻人,他是英国人,吉米在剑桥时曾经看见过他跟赛古安在一起。小伙子们在一间舒适的屋子里喝酒,房间被烛形灯照得格外亮堂。他们大声说话,无所顾忌,吉米很有想象力,他觉得在那位神态刻板的英国人身旁的那两位法国人则显得更加热情洋溢,举止优雅,他觉得这两位法国人所表现出来的,正是他自己也具备的那种优美得体的风度。他很钦佩主人引导话题的那种机智,五个年轻人各有各的爱好,个个都是说话口无遮拦的人。维罗纳怀着无限敬意,开始对那位略显刻板的英国人叙说英格兰情歌的种种妙处,并对古老乐器的失传表达出一种惋惜之情;利维埃尔则一本正经地对吉米讲述法兰西汽车修理工如何如何了不得;那位匈牙利人更为热情,他说话的声音响如洪钟,高谈那些浪漫主义画家笔下的假琵琶是多么荒唐可笑;而赛古安则想方设法地把大家的话题引向政治。

总之，大家随心所欲，各得其所。吉米深受感染，他觉得父亲被埋没的热情又在自己心中复活了，甚至到了最后，他还使漠然的罗斯也受其感染，变得无知激动。房间里越来越热，赛古安的任务则越来越棘手，因为稍微有点处理不妥就会有爆发个人冲突的可能，主人很是机敏，他寻机以博爱之由使大家举起酒杯，趁大伙一饮而尽的时候，他有意推开了一扇窗户。

那天夜晚，城市披上了都会的神秘面纱。五个年轻人沿着斯蒂芬公园慢慢往前走，走在飘着芬芳的薄雾中。他们快活地高声说笑，披风在肩膀下有节奏地飘动。一路上，人们纷纷为他们让道。在格雷夫顿街拐角处，一个矮胖的男人正送两位标致的女士上车，那辆汽车由另一个胖男人驾驶。汽车开走后，那矮胖的男人瞥见了这一群年轻人。

"安德鲁。"

"是法利！"

接下来他们之间便有了说不完的话，法利是美国人，谁也不清楚他们在谈什么。维罗纳和利维埃尔的嗓门最高，所有的人都非常兴奋。之后，他们爬上一辆车，挤在一起，笑得更加肆意。在欢快的钟声中，他们驾车从人群中驶过，融入温柔的夜色里。到了威斯特兰街，他们又登上火车，吉米觉得好像只坐了那么一小会儿，王城站就到了。检票员朝吉米打了个招呼，那是一个老头：

"晚上好啊，先生！"

这是一个宁静的夏夜，港湾像一面镜子似的呈现在他们眼前。他们勾肩搭背走向港口，还齐声唱着《有个小子叫洛塞》，每唱一句就踩一下脚：

"嗬！嗬！嗬嘿，乐死人！"

他们来到船台上，随即登上一只划艇，朝那艘美国游船划去。接下来便是吃饭，唱歌，玩牌。维罗纳以不容置疑的口吻喊道："真是太美啦！"

船舱里摆放着一架钢琴，维罗纳为法利和利维埃尔弹奏了一支华尔兹，法利扮演骑士，利维埃尔扮演淑女。之后，他又演奏了一曲，是一首即兴方步舞曲，小伙子们各扮各的角色。真是快活！吉米使劲地跳着，心想他至少明白了什么叫生活。后来法利气喘吁吁地喊道："别跳啦！"话音刚落，一个男人端进来几样酒菜，年轻人出于礼貌都围坐下来。于是他们以波西米亚方式举起了酒杯，开始说起了祝酒词，诸如为英格兰干杯，为法兰西干杯，为匈牙利干杯，为美利坚合众国干杯。吉米也跟着大发了一番议论，滔滔不绝，只要中间稍有停歇，维罗纳就会喊："听啊！听啊！"吉米讲完后刚一坐下来，就赢来了噼噼啪啪的掌声。他心里想，看来自己一定是讲得很不错啦。法利拍拍他的背，予以赞同，放声大笑着。看看这群年轻人，多么快活的哥们儿啊！多么棒的伙伴！

打牌！打牌！桌子已经整理干净了。维罗纳悄悄回到钢琴前，为他们演奏即兴曲。其余的小伙子赌了一轮又一轮，一个个神经亢奋地沉浸在这种冒险活动中，他们已经赌得出神入迷。他们先是为红桃皇后的健康干杯，接着又为方块皇后的健康干杯。因为看客稀疏，吉米不由得为此感到可惜。因为每个人都绞尽了脑汁，他们的赌注下得非常高，有人开始掏出了钞票。吉米不太清楚谁是赢家，他只知道一直在输的是自己。这只能怪他自己，因为他老是出错牌，旁人只好为他记下欠账。看着他们的劲头，吉米开始了解到这些人都是些赌鬼，他真希望他们别赌了，因为天色已经很晚了。但陷入疯狂赌局的人们显然还没尽兴，他们有人为"纽波特美女"号游船干杯，后来又有人建议最后来一盘豪赌。

钢琴声早已停止了，维罗纳大概走上了甲板。这最后一盘赌得真是吓人，在胜负就要见分晓的时候，他们停下来为运气干杯。吉米知道最后一盘是罗斯与赛古安之间的较量。这真是激动人心的时刻啊！吉米自己也很激动。当然，他肯定是输家，到目前为止，他还不知道自己已经输出去多少钱了呢。小伙子们站了起来，打出最后几张牌，又是嚷嚷，又是比划。罗斯赢啦！一片欢呼声顿时响起来，震得船舱一阵摇晃。纸牌被收了起来。他们接下来的工作是算账收钱。结果是法利和吉米输得最惨。

他知道等到天一亮，他就会后悔莫及，不过现在他很庆幸，庆幸终于可以休息了，庆幸浑身上下不堪的疲倦可以让他忘却自己的愚蠢。他将胳膊支在桌子上，脑袋埋在两手间，数着太阳穴的跳动。这时，舱门打开了，他看见那个匈牙利人站在一道灰暗的光线里：

"天亮了，先生们!"

两姐妹

这一次，他应该是没有一丁点儿的指望了：已经是第三次发作了。一夜又一夜，我经过这幢房子（那时正是假期），琢磨着那扇窗户里的光亮；一夜又一夜，我都看到它就是这么亮着，微弱而平和。如果他真的死了，我想，我应该能在那阴森的遮帘上看到一支支跃动的烛影，因为我知道，一具尸体的脑袋旁边，一定会点上那么两支蜡烛的。

过去他常对我说：我已经没有多少日子了。那会儿我还以为他的话无依据呢，现在才明白他说得一点都不假。在我从前抬头凝望那个窗口的每一个晚上，我总是喃喃自语着"瘫痪"这个词，它传进我的耳朵里怎么听怎么疏远，如同欧几里德几何学里的劈折形和《教义问答》手册里的交易圣职罪一样。可是如今，我再次听来，它却变成了某个居心叵测而罪孽深重的人的名字。它开始让我觉得恐惧不安，可我竟然还是那样迫切地希望离它更近一些，这样也好看看它那要命的成果到底是怎样的。

现在，老科特坐在炉火边，正抽烟呢，而恰巧我也走下楼来用晚餐。在姑妈给我盛麦片粥的这段时间里，他都说着话，好像是在继续先前的话题：

"不，我不想说他，真的……不过说起来，有些事还真是透着些奇怪……他这人总是怪里怪气的。好吧，我跟你说说我的看法……"

他说着，开始猛吸烟斗，一口口的浓烟从他的嘴巴和鼻孔里喷出来，显然，他是在借着这会儿工夫在脑海里盘算着该从哪里说起呢。他是个令人厌烦的老家伙！记得我们刚认识他那会儿，他还是很有意思的，那时候他讲的都是一些劣质烟酒和蛇形管道的事情；可时间不长，我就厌烦了他和他那些和酒厂相关的没完没了的故事。

"这个嘛，我有我自己的看法，"他说，"我觉得他那是一种……怪病……不过这种事谁说得准……"

话没说完，他又开始大口吸烟，到最后也没说出个所以然来。姑父看我一双眼睛发直，就对我说道：

"唉，你的老朋友去世了，你听了这个消息，一定会难过吧。"

"谁？"我说。

"弗林神父。"

"他死了？"

"是啊，科特先生刚才告诉我们的就是这件事啊。在这之前他刚路过那幢房子。"

这样的时刻，我知道大家正注视着我，便径自埋着头吃饭，就好像这个消息并没有引起我的注意似的。姑父对老科特解释说：

"这年轻人跟弗林神父是非常要好的朋友。我之前没跟你说过吧，那老伙计教了这孩子很多东西，他还说他对他抱有很大希望呢。"

"请上帝宽恕他的灵魂吧。"姑妈虔诚地祷告说。

老科特瞅了我一会儿，我能感觉到他那双黑珠子似的小眼睛像做贼一样地打量着我，可我并不想遂了他的心，于是仍旧低头吃着盘子里的东西。他无奈，只好转过脸去继续抽他的烟斗，末了，还粗鲁地朝壁炉里唾了一口。

"我可不愿意让自己的孩子，"他开始说，"去跟他那样的人去打交道。"

"你为什么这么说，科特先生？"姑妈问。

"我是说，"老科特说，"那样对孩子们没有丁点儿的好处。我的意思是：年轻人么，就应该多走动走动，去和那些跟他同龄的人在一起玩，不要……你说我说得对吧，杰克？"

"不错，这也是我的原则，"姑父应和着说，"孩子嘛，就应该学着安分点儿。我为什么总对那边那个罗济克鲁兹小教徒说'要锻炼啊'，就是这个道理。要知道，我还是个毛头小伙子的时候，不分冬夏，每天早晨都要冲一遍凉。这习惯一直到今天仍然保留着。对孩子的教育实在是又精细又博大呀……应该让科特先生尝尝那羊腿。"姑父对姑妈补了一句。

"不，不，不需要为我费神了。"老科特说。

姑妈起身从冷藏柜里端出一盘羊腿，摆到桌上。

"可是科特先生，你为什么觉得那样对孩子们一定是不好的呢？"姑妈问道。

"这还需要问吗，那对孩子们就是没好处。"老科特说，"孩子就是孩子，他们的头脑有着很强的可塑性。只要孩子们看到那种事，你知道，就会引起……"

听到老科特这么一说，我赶紧塞了一嘴麦片粥，生怕自己会忍不住一张嘴就流露出恼意。这个讨厌的红鼻子的老笨蛋。

那天到了很晚我才睡着，一想到科特先生竟把我当小孩看，我的心里就十分气恼，可我仍然绞尽脑汁，想从他那些吞吞吐吐的话语里琢磨出点名堂来。躺在黑漆漆的屋子里，我想象着自己又看到了那张呆滞灰暗的瘫痪病人的脸。我一把拉起毯子蒙住头，试图去想象圣诞节时的喜兴场景。但是那张灰色的呆滞的脸却始终尾随着我。它一直在很小声地自言自语着，我明白它是渴望着能忏悔点什么。我似乎感到自己的灵魂已经躲进了某个既欢愉又邪恶的地带；此外，我竟再一次发现，他在那儿等着我。

果然，他开始以一种低缓而模糊的声音向我忏悔了，不过我弄不明白的是，他为什么一直不停地微笑着，他的双唇为什么会被唾沫沾染得那么黏湿。随即我想了起来，他是由于瘫痪症而死去的，于是我感到自己也在空洞乏力地轻笑着，似乎想要开脱他那买卖圣职一类的罪孽。

第二天清晨，吃完早餐我就出门了，我突然想去看坐落在大不列颠街上的那座小房子。这是一间不太显眼的店铺，用了一个意思很模糊的名字，叫做布服店。这里主要经营儿童毛线鞋和雨伞，平时，橱窗里总是挂着一张告示，名曰：翻修伞面。现在，店铺已经关门了，也就看不到什么告示了。门把上有人用丝带栓了一束绉纱花，这时，有两个穷女人和一个送电报的男孩，正在门口念那张别在花束上的卡片。我也跟着凑了过去，念道：

　　"1895 年 7 月 1 日

　　詹姆斯·弗林神父（生前属于圣凯瑟琳教堂，米斯街）

　　享年六十五岁

　　R. I. P. "

这张卡片所表达的意义终于使我相信，他的确死了，而我居然一直在核实这一点，想起来我不禁万分沮丧。如果他还健在，那么我就会走到店铺背后的那间小黑屋里去，我就能看到他坐在炉边的摇椅上，蜷缩在他那宽大的几乎透不过气来的外套里。也许姑妈还会给我一盒吐司牌的高级鼻烟，那是准备捎去给他的，而这份礼物可以让他从昏昏欲睡的倦意中清醒过来。

从前的时候，每次，都是我把带来的鼻烟倒进他那只黑色的鼻烟盒里的，因为他的双手哆嗦个不停，凭他自己是根本做不了这件事的，如果让他做，非得有半盒烟末被浪费掉不可。不过，即使我都替他弄妥了，他颤悠着那只大手勉强能把鼻烟举到够着鼻孔的地方，但还是会有些若有似无的烟末缓缓渗过他的指缝，进而弥散到外套的前襟上来。也许就是这一阵接着一阵不断飘落的烟尘，愈加衬托出他那身老派的教袍已经失去了从前的鲜绿色，那袍子看上去，倒是和他那块一直以来都是脏兮兮的红手帕十分相称了，那手帕因为长期以来都沾着鼻烟渍，所以上面污迹累累，就算他拼命想用它来掸去洒落的烟粉，也不过是徒劳一番而已。

如今，我是那么热切地想要走进去看看他，却又没有勇气去敲门。迟疑了一会儿后，我只好慢慢踱着步子，沿着朝阳的一面街，一边走一边浏览着那些商店橱窗里所有的演出招贴画。令我感到奇怪的是，我自己也好，那一天的光景也罢，都没有半点遭遇丧事的悲伤意味，而更可气的是，我发现自己居然还有一种得以解脱的感觉，仿佛是他的死，才让我摆脱了某种束缚。这个发现，让我很是震惊，事情不应该是这样的，就像姑父前一天晚上说过的那样，弗林神父教我明白了很多东西。

弗林神父曾经就读于罗马的爱尔兰学院，我之所以能正确拼读拉丁文，全赖有他。他给我讲过关于地下墓陵和拿破仑·波拿巴的故事，还向我解释过不同的弥撒仪式和披在牧师身上那些不同法衣所指代的意义。有时候他也会拿那些晦涩难懂的问题来考我，当然，他自己也能从中得些乐趣，比如说他会问我一个人在某种特定的场合下该怎么做，要不就是问些这样那样的罪孽，到底是必死无疑呢，还是可以得到赦免，或者根本就是免予追究。他的提问让我有了思考，我开始明白：之前，自己一向以为再简单不过的教堂里的某些条文，其实究其真意，竟是那样复杂而又高深啊。

我开始明白，原来牧师们不仅要对圣餐负责，还要负责对有关忏悔的事情保密，这一切对我来说似乎都太过严肃了。我有点困惑了，试想一个人到底得有多么大的勇气才能把这一切都担当起来呢。所以，当他告诉我以下的事情时，我已经不觉得有什么惊奇之处了，他说教堂里的神父们已经写了书，有《邮电指南》那么厚，印得密密麻麻的，就像报纸上的法院公告一样，而人们认为的那些难以弄懂的问题，都能从这部书里得到解答。通常只要一想到这一点，我就会觉得自己没法回答他的问题了，或者即使回答也会答得非常愚蠢，条理也不清晰。而他呢，并不觉得这样有什么不妥，而且他还总是笑着，间或点三两下头。有时他喜欢让我参加弥撒仪式，体验会众对牧师的例行应答，并督促我用心牢记这些；而且，每当我喋喋不休地复述这些应答时，他往往若有所思地微笑、点头，还不时往两个鼻孔里轮番送上大撮的鼻烟。每次他一笑起来，那些被污损得变了颜色的大牙齿就露出来，舌头也伸出来，抵住他的下唇——在我们最初相识的那段日子里，他的这个习惯一直让我感到很不自在，后来我们熟了，也就无所谓了。

我在阳光里慢慢走着，忽地就记起了老科特的话并竭力要回想起来，我想要弄明白在那个梦里，后来都发生了些什么。终于，我想起来了，在梦中我见到过长长的天鹅绒窗帘，还有一盏古旧的吊灯。我觉得自己好像到了一个非常遥远的地方，在某个有着奇异习俗的陌生城域——或许是在波斯吧……可是，任凭我怎样努力，也已经记不起那个梦的结局来了。

那天晚上，姑妈带我去了那个居丧的人家。那已经是日落之后了，然而屋子朝向西面的玻璃窗上，仍然反射着一大团云彩的金褐色的光辉。

在客厅里，接待我们的是南妮，显然，这样的时刻向她大声问候已不合时宜，所以，姑妈只是轻轻握了握她的手，如此而已。这个老妇人像是在征询我们的意见似的指了指楼上，得到我姑妈的点头之后，她才走在我们前面引路。沿着那道狭窄的楼梯，她吃力地往上攀，她佝偻着的头，几乎就要碰着扶梯了。在楼梯的第一个转角处，她停下脚步，指着那间敞着的安静得如同死去的屋子，向我们示意。姑妈已经走了进去，而我还在迟疑着，举步不前，那老妇人见了，又朝我招了招手。

我放轻脚步，小心翼翼地走进去。天灰日暮，只有迷蒙的阳光从那嵌有蕾丝花边的百叶窗帘上透进来，房中的烛光在迷蒙的光影下，显得更加惨淡。

此时，他躺在棺材里。南妮带头，我们三人都在床脚边跪着。我装出一副止在祷告的样子，却心不在焉，那老妇人的呢喃声叨扰着我。我看到她背后的裙子被什么东西勉强钩住才不致滑落下来，这是多么不雅观啊，还有那双布靴的后跟，由于天长日久的踩踏，磨得都歪到一边去了。突然，一个虚幻的念头摄住了我：那位老牧师，似乎正躺在那儿，在他自己的棺木里正微微发笑呢。

事实却并非如此。等我们立起身来，都走到床头边的时候，我注意到他并没有在微笑。他只是躺在那里，庄严肃穆、经纶满腹地躺在那里。他已经穿好了参加祭祀的法衣，一双大手松展开来，轻握着圣杯。他的脸依旧是晦暗的，五官粗狂，显得面目狰狞，凹下去的黑色的鼻孔看上去就像洞穴一般，他头上那一圈白发稀疏散落。屋里弥漫着一股芳香的气味，那是花的味道。

我们为自己祈了福，然后便退身出来。在楼下那间小屋里，我看见艾丽莎正端坐在弗林神父曾坐过的那把摇椅中。我没有说话，暗自摸索着，朝角落里我经常坐的那把椅子寻过去。此时，南妮已经走向餐具柜，取出了一只盛有雪利酒的细颈水瓶，还有几只酒杯。她把这些东西放到桌子上，邀请我们能喝上一小杯。接着，她照着她姐姐艾丽莎的吩咐，把雪利酒斟入杯中，然后一一端给我们。她似乎很希望我能再吃几片奶油薄脆饼，我婉言拒绝了她的好意，其实，我只是觉得吃那东西的声响太过喧哗，这样的场合似乎不太合适而已。我看得出她对于我的婉拒有些沮丧，不过她什么也没说，只是悄然走向沙发，坐在了她姐姐的身后。

房间一下子安静了下来，没有一个人吭声，我们都盯着空空如也的壁炉，呆呆地出神。

一直等到艾丽莎叹了一口气，这时姑妈说话了：

"啊，呃，他一定是到了一个更好的去处。"

艾丽莎又叹一口气，垂下头来对姑妈的话表示赞同。姑妈把酒杯拿在手里，轻轻拨弄着杯脚，随后，她呷了一小口酒。

"当时，他……安详吗？"姑妈问。

"哦，安详极了，夫人。"艾丽莎说，"看上去，都分辨不出来他是在什么时候停止呼吸的。他走得很安静，很满足，感恩上帝。"

"那么一切都……？"

"星期二一整天，奥罗克神父都在陪他，他给他行了涂油礼，并为他做好了所有的准备。"

"当时，他还清醒吗？"

"他很清醒，看上去非常顺从天意。"

"一直以来，他确实顺从天意。"姑妈说。

"这些话，是我们请到屋里来为他擦洗身子的那个女人说的。"她说，"他走的时候，看起来就像是睡着了一样，他的模样安详又服帖。可能谁都不会想到，最后，他会以这样体面的方式离开。"

"是啊。"姑妈说，她停顿了一下，又呷了一口酒，继续说道：

"好了，弗林小姐，你们也不必难过，要知道你们对他已经尽心尽力了。我应该说，你们两个都是很善待他的。"

艾丽莎用手轻轻抻了抻膝头皱起的衣痕。

"哦，可怜的詹姆斯！"她说，"天知道我们穷成什么样，但是只要我们办得到的事却都是尽了力的——到了如今这一步，我们不忍心看到他再缺少什么。"

南妮显然是累了，她已经倒在沙发枕上，一副快要睡着了的模样。

"看看那可怜的南妮吧！"艾丽莎说着，朝妹妹望过去，"她已经筋疲力尽。我们包揽了所有的活，她和我，我们一起请那个女人来给他洗浴，之后又为他打扮，然后是放入棺木，最后安排在小教堂里做弥撒仪式。如果没有奥克罗神父，仅靠我们这么忙来忙去，还真是理不出个头绪呢。那些鲜花也是奥克罗神父给我们送来的，他还从小教堂里拿来了两支蜡烛，又写了讣告。哦，那则讣告在《自由人会报》上登着呢，他还帮忙掌管着葬礼的所有文件，还要负责那可怜人詹姆斯的保险单。"

"听你这么说，他真是太好了对吧?"姑妈说。

艾丽莎合上双眼，仿佛很累的样子，她慢慢摇了摇头。

"唉，没有什么朋友能跟老朋友相比啦。"她很是感慨地说，"说来说去，多数朋友都是靠不住的。"

"倒也是，这话说得一点儿都不假。"姑妈说，"既然他已经去到了那个永恒的安息之所，我想他一定不会忘了你们，还有你们对于他的种种好处。"

"啊，可怜的詹姆斯!"艾丽莎说，"他活着的时候，从来没有给我们带来一点的烦扰。他在家时总是悄无声息的，和现在没什么两样。唯一不一样的是，我知道他已经走了，再也回不来了……"

"一切都会过去的，而你也会时常想念起他来。"姑妈说。

"我明白。"艾丽莎说，"以后，我再也用不着给他端牛汁茶，而你也再不用给他送鼻烟了，夫人。啊，可怜的詹姆斯！"

说到这里她突然停住了，好像是在和过去的那些日子作亲密的告别一般，之后她又用平和流畅的语调说：

"告诉你吧，其实在最后的那段日子，我就已经发觉他举止都有些异常了。不管什么时候给他送进汤茶去，我总会看到他大张着嘴巴仰躺在椅子里，而那本他日常用的祈祷书已经跌落在地上。"

说到这里，她用一根手指轻触着鼻尖，眉头也皱在了一起，那样子似乎在努力想点什么，接着她继续往下说道：

"可即便是在那个时候，他还总是反反复复不住地叨念着，说是在这个夏天结束以前，他想挑个好天气驾车出去走一趟。其实，他只是想再去看看爱尔兰镇上的那座老屋，我和南妮都是在那儿出生的。他希望我们能跟他一块儿去。他还说，只要我们能够租到一架新型四轮马车，就是奥罗克神父对他提到过的那种马车，没有一点声响，轮子晃晃悠悠的那种，那么我们三个人一起出去消磨一个周末的晚上，还是很合算的。奥罗克神父还告诉他，去爱尔兰镇的途中就有一家名为'约翰尼·鲁斯'的车行，在那里就可以租到他说的那种车子。从那之后，他就已经开始筹划这件事了……可怜的詹姆斯！"

"祈祷上帝宽恕他的灵魂吧！"姑妈说。

艾丽莎的眼睛湿润了，她取出手绢，擦了擦眼睛，又把它放回了口袋。之后，她目不转睛地凝视着空荡荡的壁炉，许久没有再说话。

过了那么一会儿，她又开口了。

"他总是过于认真。"她说，"教士这职位对他来说，要承担的责任实在是太沉重了，所以他这一辈子，真是受了不少波折。"

"是的。"姑妈也跟着说道，"看得出他是个不得志的人。"

小屋里充斥着一阵沉默，趁这工夫，我蹭到桌前，端起那杯属于我的雪利酒尝了尝，之后又悄无声息地转回到我的那个角落里，重新坐在座椅上。艾丽莎似乎已深深陷入了沉思，有些走神了。我们尊重地等着她来打破这种沉寂，我们等了不少的时间，她才慢条斯理地开了腔：

"就是那只被他打破的圣餐杯捣的鬼……事情就是从那时开始的。当然了，他们说那根本就不要紧，我是说杯里什么东西也没盛，可是仍然……有的还说是那男孩闯的祸呢。可是可怜的詹姆斯，他太敏感了，上帝可怜可怜他吧！"

"那么，是那么回事吗？"姑妈说，"我倒是听到一些传闻……"

艾丽莎点点头。

"总之，是一件事影响了他的情绪。"她说，"从那时候开始，他就闷闷不乐了，跟谁也不说话，只是自顾自地四处游荡。所以，才有了这么一个晚上，原本约好了他要去拜访一个老朋友的，可是他自己却不见了踪影。他的那个老朋友到处找他，找遍所有地方也不见他的影子，后来还是教会里的文书提议说到小教堂里找找看。这样，他们才拿了钥匙，打开了教堂的门，然后就是那个文书和奥罗克神父，还有另一位在场的牧师，带了一支蜡烛进去找他……你猜怎么着？他还真在那里，一个人坐在漆黑的忏悔室里，看上去完全清醒着，但又好像在自顾自傻笑，你没想到吧?"

　　说到这里，艾丽莎突然停了下来，屏住呼吸，好像在聆听什么。我也竖起耳朵来，学着她的样子倾听，可是屋里什么声响也没有。我知道这个时候，那老神父仍然安详地躺在棺材里，一如我们先前所见的那样，在死亡之光的辉映之下肃穆而狰狞地躺在那里，他的胸前双手依旧懒洋洋地捧着一只圣餐杯。

　　艾丽莎接着往下说：

　　"他看上去完全清醒着，却好像在自顾自傻笑……所以那会儿，当然了，他们就看到了那种情形，他们觉得他一定是出了什么事才会那样……"

偶遇

　　我们之所以能认识西部蛮荒之地，还要得益于乔·狄龙。在他家里，有一个小型书房，里面存放的都是一些旧杂志，比如《米字旗，加油》和《廉价奇观》。

　　每天傍晚，等到放学以后，我们便聚在他家后花园里，摆开印第安人式的战阵来一场大战。他和他那肥胖的弟弟，也就是懒汉雷奥负责据守马厩的草料棚，我们则向他俩发起迅猛的进攻，志在必得。当然，有时大家也会在草地上奋力拼杀，展开白刃战。不过，无论我们多么全力征战，从来也不会成为攻城略地或者驰骋沙场的最后的胜利者。

几乎所有的较量，都是以乔·狄龙跳起凯旋战舞而宣告结束。

每天上午八点，乔·狄龙的父母会去伽德纳街做弥撒，这是他们雷打不动的习惯。于是，他家的大厅里，便只留下狄龙夫人身上常常散发出来的那缕馨香。和我们这些既年轻又胆小的同学相比，乔·狄龙玩起来真是太疯了。有时他看上去倒是活脱脱地像个印第安人，他在花园里活蹦乱跳，头上还戴着一只旧茶壶罩，一边用拳头猛敲马口铁一边大声吆喝：

"侠！侠客，侠客，侠客！"

因此，当大家听到他后来谋到了一个牧师职位的消息时，谁都不敢相信。可这毕竟是事实。

在那时候，我们这些人中正流行着一股桀骜不驯的风气，在它的影响下，人和人之间所有文化上的差异和脾性上的不同，都变得无关痛痒了。总之，那时候我们团结一心，当然，各自的出发点不太相同，有人出于勇敢，有人出于儿戏，还有人几乎出于惶惑和迷茫。我就属于这最后一类，那时候，只是单纯地害怕会被大家当成书呆子或是软骨头，所以才勉为其难地扮上了印第安人。但说到那些描写蛮荒之地的西部文学作品中所涉及的冒险事件，其实和我的天性有着天壤之别，好在，它至少向我开启了一扇逃避生活、消愁解闷的大门。至于兴趣方面，我更偏爱几部美国侦探小说，那是我从几个又邋遢又漂亮的野丫头那儿得来的，之前，它们被那几个丫头传来传去的。不过话又说回来，这些小说书并没有多少乐趣，而且其中还有一些文学意味，可即便如此，它们在学校仍然只能秘密流传。

一天，巴特勒神父正在让我们背诵那四页《罗马史》，雷奥·狄龙这个笨蛋竟被他查出手里有一册《廉价奇观》。

"是这一页还是那一页？什么，是这一页？行了，狄龙，站起来！背吧，'天空微露……'开始！"

"'天'什么？"

"'天空微露晓色……'你温习过吗？你的口袋里是什么？"

被逮个正着的雷奥·狄龙交出那册书来，霎时，人人心跳加速，又都力图撑起满脸无辜的表情。巴特勒神父随手翻翻，眉头一皱，面露愠色。

　　"这是什么乌七八糟的东西？"他厉声说，"《阿柏支酋长》！你不好好学习你的功课《罗马史》，浪费那么多时间读的就是这个？我希望下次你可别让我再在学校里撞见这种无聊的玩意儿。写这书的，我敢说，一定是某个无聊的小文人，专靠搬弄这种东西换些酒钱。真是怪事，像你这样的小伙子，受过良好的教育，竟然还看这种垃圾，如果你是国立学校的学生，倒也罢了……好吧，狄龙，我严肃地告诫你，把心思放到学业上，否则……"

　　就是这种课堂上出现的一本正经的责难，一度使我那些对于西部的幻想黯然失色；而雷奥·狄龙那张羞涩不安的胖脸，也曾唤醒过我心中的某种良知。但那都是瞬间的领悟，等到放学以后，一旦摆脱了校园的约束，我就又开始对野性、对逃亡充满了渴望。而这一切，似乎只有那些刊有神秘西部的杂志能够满足我。

　　渐渐地，晚上的模拟战事，已经变得和学校上午的课程一样，使我感到枯燥乏味了，因为我想亲身经历一场真正的冒险。可我知道，真的冒险事件，对于那些待在家里的人是无法体会的；要想体验这种经历，只有出国。

　　临近暑假的时候，我终于下了决心，只要能摆脱沉闷的校园生活，哪怕逃一天课也行。我和雷奥·狄龙，还有一个叫马霍尼的男生，我们三人一起商定了一天的行游计划。靠着平日的节省，我们每人都攒下了六个便士，约好早晨十点在运河桥汇合。马霍尼托付他的大姐为他写假条，而雷奥·狄龙得让他的哥哥去说他病了。我们原本打算沿着码头路一直走到船坞，然后摆渡，等到上了岸后再走一段，去参观鸽舍。

行程定下来了，雷奥·狄龙生怕会在外面撞见巴特勒神父或是某个学校里的人，马霍尼则振振有词地反问：巴特勒神父不在学校待着，跑去鸽舍干什么？听他这么一说，我们就都释然了。我开始实施计划的第一步，把他们的六便士零钱集中起来，当然，我也让他们看了看我自己的六个便士。出发前的那晚，我们在做着最后的准备，所有人都莫名地亢奋起来，大家握手，兴奋地大笑，然后马霍尼说：

"明天见，哥们儿！"

说不上什么原因，那天夜里我没睡安稳。因为住得最近，早晨我是第一个到达桥上的人。我把课本藏在花园尽头壁炉坑边的草丛中。心想着应该没人会到那儿去。弄完之后，我就匆忙沿着运河河堤往前赶路。

这是进入六月的第一个星期，是一个阳光和煦的上午。

我坐在桥栏上，欣赏着脚上那双轻巧的帆布鞋，为了它我前天我忙乎了一个晚上，好不容易才用白粘土把它擦得白白净净。我还看到那些温驯的马匹，正用力拉着满满一车子上班的人往山上来。林荫道旁的高树蔽天，枝叶婆娑，阳光从树缝之间洒落，斜映在河面上。桥上原本冷硬的花岗岩石块已经被太阳晒得渐渐暖起来，忽然，我的心中有了一段旋律，我开始轻拍着双手，打出一串节奏。在这样的时刻，我是多么快乐。

我在桥上大概坐了五到十分钟的样子，然后看见穿着灰色外套的马霍尼慢慢朝我移近。他登上山来，一路飞奔大笑着，翻过桥栏，在我身边的位置坐下来。现在，就差雷奥·狄龙了。在等待的间隙，马霍尼从他膨胀的夹克衫口袋里掏出他的那只弹弓，向我讲解他都做了哪些改进。我问他带这个来做什么，他说可以用它来"轰雀儿"。马霍尼的俚语用得相当熟稔，他把巴特勒神父称作"老笨赛"。

我们在桥上又坐了一刻多钟，仍然未见雷奥·狄龙的身影。马霍尼终于不耐烦了，他跃下桥栏，嚷嚷道：

"拉倒吧，我知道胖子不敢来了。"

"那他的六便士？"我说。

"就当是违约罚金，被没收啦！"马霍尼说，"这样一来，对咱们俩更有利：我们就有了一先令六便士而不止是一先令了。"

我们俩决定出发了，先是沿着北滨路一直走到硫酸厂，往右一转上了码头路。等到周围的人一少，马霍尼立马就扮起印第安人。他追逐一群衣衫褴褛的姑娘，很是神气地舞弄着他那没有装子弹的弹弓。有两个乞讨的孩子出于仗义，开始向我们掷石块，这时马霍尼说我们应该教训教训他们。对于他的提议，我没同意，毕竟人家还小。于是我们继续赶路。小乞丐追在我们身后叫骂："小崽子，小崽子！"我想，他们准是把我俩当成了新教徒，因为马霍尼面色黝黑，帽子上还佩着一枚板球俱乐部的银色徽章。

后来，我们来到了镕铁厂，打算玩一次包围战的游戏，想想还是放弃了，毕竟那至少得有三个人才玩得起来。很自然的，我们把这份失望也怪罪到了雷奥·狄龙头上，我们对他大肆地进行语言攻击，以示报复，说他是个胆小鬼，还预测他到了下午三点，会从莱恩先生那儿领到赏钱。

接着我们来到了河边。我们在两旁砌有石头高墙的街道上穿行，由于街上热闹非凡，花去我们不少时间。我们两人东张西望了一番，最后把目光放在了运米转去的曲柄和引擎上，这令我们极其入迷。我们就那么一动不动地站在那里看着，因此总会招来驾驭者的高声呵斥，他们赶着载满货物、嘎吱作响的马车，嫌我俩碍手碍脚地挡住了他们的去路。

等我们到达码头的时候已是正午，几乎所有工人都在吃午餐，我们也买了两只提子面包，往河边的一根金属管子上一坐就开吃起来。都柏林的繁忙景象真是令人赏心悦目——驳船从老远的地方发来信号，喷吐出来的烟圈像羊毛似的；棕色的渔船列队停靠在林森村旁；在村子的对岸，那艘巨大的白帆船正在忙着卸货。马霍尼说，如果我们能搭上一艘那样大的船出海，那才真叫过瘾呢。听他这么一说，我也开始盯着那些高耸的桅杆，一边看一边想象，令我感到惊奇的是，地理课上老师灌输的那点少得可怜的知识，竟渐渐在我眼前出现了栩栩如生的本来面目。我的心激动起来，学校和家庭此时已然不存在，它们所能施加的影响也好像减弱了。

我们作了一个决定，乘船横渡利菲河（爱尔兰的一条河，流入都柏林湾），并预先付清了船费。和我们一起上船的还有两个码头工人和一个背着书包的犹太小孩。在这短程航途中，我和马霍尼绷着一张脸，一副煞有其事的样子，而一旦我们四目相对，却又忍不住笑起来。上岸时看到一条正在卸货的优雅的三桅船，就是我们早先在对岸就已注意到的那条。一旁有人说这是一条挪威船。我思量着一定要到船尾看看，我想弄明白船上神奇的异国风情，结果却是大失所望，我只好转回来仔细打量那些外国水手，看看他们当中到底有没有人长着绿眼睛。其实，这都是我的一种想象……这些水手的眼睛蓝的蓝，灰的灰，黑的黑（少许），唯一称得上是绿眼睛的水手是个高个儿，而他惯用的取悦于人的招数就是在码头上大喊大叫，所以，一有木板卸落下来他就兴高采烈地招呼：

"好咧！好咧！"

眼前的场景看得我们很是疲累，于是就慢慢朝林塞德港踱去。天气愈发湿热了。杂货店的橱窗里陈列着一些点心，看上去霉迹斑斑的，我们买了一些新鲜的，又买了巧克力，一路走一路嚼，嘴巴一直没闲着。我们经过的街道大多污秽不堪，而渔民们的家就安在这里。因为找不到牛奶站，我们就走进一家路边小摊，一人买了一瓶覆盆子柠檬汁。有了这东西提神，马霍尼又开始龙腾虎跃起来，他去追一只猫，想把它逼到一条巷子里去。可是猫根本不理他的茬儿，自顾自窜进了一片开阔地，便没了踪影。这时候，我们都觉得疲倦极了，所以，一走到那片野地里，便立刻在田垄间找了一处斜坡坐下来歇息，在这个位置正好可以看到多德河。

天色已经不早了，而我们由于太过疲乏，没法再按计划去游览鸽舍，因为我们必须要赶在下午四点以前到家才行，不然我们这一历险的行为就会被人发现。马霍尼显然已经懊悔了，他正盯着他的弹弓发呆，我见势赶紧提议乘火车尽快回家，他脸上这才有了悦色。温暖的太阳已经跌落到云堆后面去了，只剩下孤零零的我们，和倦怠无力的思绪以及渐渐模糊的景物。

此刻，除了我俩，野地里了无人迹。我们并排躺在斜坡上默不吭声，就这样过了那么一会儿，我看见有人远远地从野地尽头摸索着走过来。我一边有一搭没一搭地瞅他，一边嚼着绿茎，这是一种女孩子用来算命的植物。只见这人沿着斜坡走上来，动作悠哉而迟缓，他一手叉着腰，一手拄着手杖，那手杖随着步履的前行一路轻击着草地。他的穿戴看上去很寒酸，一身绿不绿、黑不黑的套装，一顶我们通常称之为便壶帽的高冠帽子。他的年纪应该挺大了，连唇上的短髭都呈现出了灰白色。从我们身边经过的时候，他飞快地瞥了我俩一眼，之后又继续赶他的路。我们目送着他离开，他走出差不多有五十步的样子吧，突然一转身，竟然又折身回来，朝我们这边慢慢踱过来，依旧是用手杖点着地。他走得相当慢，以至于我还以为他是在草地上找寻什么遗漏的东西。

他走到我们身边，便停下脚步。他先跟我们打了招呼，于是大家互相致礼问好，之后，他挨着我们在斜坡上小心翼翼地坐下来，动作依旧是那种缓慢的。我们的谈话是从天气开始的，他用很肯定的语气说这个夏天会很炎热，末了又加上一句，说如今的天气已经和他小时候不一样了——他做小孩，那还是很久很久以前的事了。他说人一生中最快活的时光莫过于学生时代，他感叹说如果时光能够倒流，青春重现，不管花多大代价他都愿意去交换。他就此抒发着胸臆，而我们却不以为然，一直沉默着不说话。然后他谈起学校和书本来，还问我们是否读过托马斯·摩尔的诗，还有瓦尔特·司各特爵士和李顿勋爵的作品。我应和着，假装读过他所提到的每一本书，于是他下了结论：

"啊，看得出你是个书虫，就跟我那时候差不多。对了，"然后他指着马霍尼又做了些补充，其实那小子正大睁着眼睛注视我们，"他不同，他好动。"

他说他家中藏有瓦尔特·司各特爵士和李顿勋爵两人的

所有著作，并大加赞赏地说读他们的东西永远不会感到厌烦。"当然啦，"他说，"李顿勋爵的有些作品，小孩子是读不了的。"马霍尼便问他小孩子为什么读不了，他这一问问得我心惊肉跳，我是担心眼前的这人会把我看得和马霍尼一样蠢。不过，那人只是微微一笑，他这一笑，让我发现他嘴里的黄牙之间有着宽大的缝隙。接下来他问我俩谁的女朋友多。马霍尼对这个问题有些不屑，轻描淡写地说他有三个。那人又问我有几个。我说我一个也没有。可他就是不相信，还硬说他敢担保我肯定有一个。我只好默然不语。

"跟我们说说，"马霍尼脸上带着几分淘气的意味，对那人说，"你自己呢，有几个？"

那人笑了笑，说他在我们这个年纪，有过许许多多的女朋友。

"告诉我们，"马霍尼依旧不死心，他很唐突地对那人说，"你自己有几个？"

那人和刚才一样还是笑了笑，他说在我们这个岁数的时候，他已经有了一大堆情人。

"每个男孩，都有一个小情人。"他如是说。

在这个话题上，他的姿态对我的触动很大，能够如此豁达大度，在他们那个年纪的男人中间应该是十分少见的。我由衷地认为，他那些有关男孩和恋人的论调都站得住脚，可我就是很反感他的那种口吻，很好奇他为什么哆嗦了一两回，好像是惧怕什么似的，又像是突如其来感到一阵寒意似的。

我注意到，他说话的时候口音很纯正。接着他就跟我们谈论起姑娘来，说她们的头发是多么柔软黑亮，她们的双手又是如何的绵软，还说其实所有的女孩并不像表面上看上去的那么美妙，等等。他说这世上的任何事情都比不上看女孩能带给人激情，他最喜欢盯着年轻漂亮的姑娘看，看她曼妙柔软的素手，还有亮丽的柔发。

不知为什么，他的这些表现给了我一种印象，那就是他现在说的这些话，都是他反复念叨并用心背下来的话语，又或许，他是由于被自己言语中的某些词汇深深迷醉，思绪便被困在了同一个轨道上慢条斯理地兜着圈子。很多时候，我能察觉出他似乎是点到即止，好像是人人知晓的那些事实，但偶尔，他又压低嗓门，让人感觉他神秘兮兮的，就像是在告诉我们某种他并不希望别人听到的秘密。他重复来重复去，啰啰嗦嗦，措辞单一枯燥，腔调也极度乏味。已经丧失兴趣的我其实早已转移了视线，这会儿我一边凝视着坡脚，一边三心二意地听他说话。

应该过了许久，他的长篇大论终于打住。他慢腾腾站起来，说是有事需要先离开我们一小会儿，他强调就几分钟的时间。我根本无需变换自己原来的视线，就能看到他从我们这儿缓慢地走开，朝着野地尽头的方向走去。他已经走了，我俩还是没有说话。不过，也就只安静了那么几分钟，之后，就听马霍尼嚷嚷起来：

"喂喂！快看，他都在干些什么呀！"

见我不搭理他，而且连眼睛都不抬一抬，马霍尼又喊起来：

"我是说……他可真是个奇怪老头啊！"

"等下他回来如果问起咱俩的名字，"我说，"你就叫'摩菲'好了，我来当'史密斯'。"

决定好之后，我们再也没跟对方说话。就在我正琢磨自己到底该不该拔腿走人的空当，那人就回来了，又挨着我们坐下。还没等他坐稳当，马霍尼忽然看见了先前从他身边逃走的那只猫，他便一跃而起，叫嚣着追着那只猫跑到野地那边去了。那人和我在一旁冷眼看着这场逐猫。猫再次逃脱，马霍尼朝着它刚攀越过去的那堵墙的地方狠命地扔起了石块。好不容易才停下手，他又在野地的尽头溜达起来，一派优哉游哉的自在相。

过了那么一会儿，那人又开始和我说话，他评断说我的朋友是个野小子，又问他在学校里是不是常挨鞭子。我听了心里当然不痛快，刚想争辩说我们才不是国立学校的那种学生呢，只有那儿的学生才像他说的那样经常吃鞭子。可奇怪的是，我并没有说出口，而是继续保持着沉默。他倒是很有兴趣，开始跟我谈起了用鞭子责罚学生这个话题，他的思绪好像再次被他自己的言语所困，又开始围绕这个新的中心一遍又一遍慢悠悠地兜圈子。他说男孩子如果都像马霍尼的话，就得统统用鞭子抽，狠狠地抽；对于一个粗野而不守规矩的男孩来说，除了一顿痛痛快快的鞭刑，再没有什么能够给他留下更好的教训了。他还说笞手心不管用，掴耳光也不管用，只有一顿结结实实的鞭刑才能起到好的作用。对于他说的这个观点，我感到极为吃惊，便很不情愿地朝他那张脸瞥了一眼。这一瞥不要紧，我竟然看见了一双深绿色的眼睛，正从他急剧抽搐的前额下面窥探着我。我心里一惊，重新移开视线。

那人照旧继续宣讲他的长篇独白，他似乎已经把之前他说的那种宽宏大量忘得一干二净，声称一旦让他发现某个男孩和姑娘们交往或是谈情说爱，他就会用鞭子抽他，再抽，反反复复不停地抽，直到他吸取教训，不再和姑娘们挑逗。如果一名男生和姑娘谈了恋爱，但过后又为此编造谎言矢口否认，那么他就会给他一顿臭揍，那将是这世上从未有人领教过的一种鞭刑。他说世界上再没有任何事情能让他有如此激情的了，他甚至还向我仔细描述他将如何鞭打这种男生的情形，就好像他现在说的不是一顿再简单不过的鞭刑，而是某种复杂玄妙的学术似的。他说，他热衷于此，比对世上任何事情都要着迷；而他的那种一度引我洞悉玄义奥理的单调声音，此时忽然有了改变，变得几乎可以说是亲切起来，他努力着，试图说服我，让我相信他所说的一切都是正确的。

　　我就那么听着，一直等到他的长篇大论再次打住，之后，我突然站起来，为了不使自己心头渐积的焦虑被他看穿，为此，之前我还刻意磨蹭了好一会儿，一直假装是在用心地整理一只鞋子。可是现在，我站起来便对他说我得走了。于是，我向他道了别，镇静地迈上斜坡，可是一颗心却在一阵恐惧中加速跳动，我怕，担心他会来抓我，捉住我的脚踝子。直到我爬上坡顶，我才立即转身，我不要我的视野里有他的存在，我狂喊，声音高亢，回荡四野："摩菲！"

　　我当然清楚我的话音中有一种强打精神装出来的勇敢，我真为自己微不足道的招数感到惭愧。在马霍尼看到我并回应我之前，我不得不再一次呼唤这个名字。当我看到他从野地那边奔跑过来时，我的心跳得是多么厉害啊！他奔跑着，如同雪中送炭一般。我的心里极度懊悔，为了在那么长的时间里，我曾经对他怀着的轻视而感到难堪。

阿拉比

里士满北街是一条死胡同，这里向来都很寂静，当然，基督兄弟会学校的男生们放学的时候，就另当别论了。在胡同的深处，耸立着一幢楼房，那是一座两层楼，一直以来无人居住，和旁边一块方地上的房屋相隔对望。至于街上别的房子，仿佛各自都很有些体面的住户，这些房子以一种镇定自若的棕色脸孔相互对视着。

之前住在我家的房客是个教士，他就死在后面的那间客厅里。长期关闭的屋子里，弥漫着一种透着霉味的空气，在所有的房间中窜来窜去。厨房后面那间屋子，七零八落地四散着一些老旧的废纸。我在里面找到几本书页已经翻卷而且泛潮的平装书：瓦尔特·司各特写的《修道院院长》，还有《虔诚的领圣餐者》和《弗多克回忆录》。我最喜欢的是最后一本，原因就在于它的书页已经变黄。

屋子后面的荒园中央有一株苹果树，围绕着苹果树的，是一些蔓生的灌木丛。我在一丛灌木下面发现了一只自行车打气筒，已经生锈了，那是死去的房客留下来的。据说那教士活着的时候仁慈慷慨，立遗嘱的时候，就已经把他所有的银钱全部捐给了教会。至于屋里的家具，则留给了他妹妹。

冬日的白天短了许多，晚饭还没吃，黄昏便来临了。等我们在街上聚齐的时候，家家户户的房子已经变得模糊不清了。而此时头顶的夜空，则呈现一片变换不定的神秘的紫罗兰色，在夜空的衬托下，街灯托举出微弱的光晕。寒气凝重，我们一直要玩到全身发热。大家喧闹的声音在静寂的街心来回飘荡。游走的过程中，我们穿过屋后那条条黑暗而泥泞的小巷，就是在那儿，我们遭到棚户区一帮野孩子的夹道狙击。之后，我们先是跑到家家户户暗黑潮湿的花园后门口，像那种地方有很多的炉坑，而且总会传出一阵阵难闻的气味。继续往下走，我们又来到黑漆漆、臭烘烘的马房中，看见马夫正在里面给马梳理鬃毛，他不

时地抖动一下扣好的马具，马具碰撞后，便会发出悦耳的
声音。

　　等到我们再转回到街上的时候，家家户户的厨房已经
亮起了灯，从窗口透出的灯光已经把这一带的黑暗照亮。
这个时候，如果有人发现我的叔叔正好转过街角的话，我
们就会迅速地避到暗影里去，直到看见他真真切切地进了
家才算放心。此外，就是曼根的姐姐了，她往往走出门来
唤她弟弟回去吃些东西，这时我们便会躲在暗影里盯着她
看，看她对着大街凝神张望的样子。我们似乎都怀着一种
看热闹的心情，想知道如果喊不到人，她是继续留在门口
呢，还是会进屋去。如果她待着不走，我们就打算从藏身
的暗处走出来，乖乖向曼根家的台阶那边摸索过去。她正
站在那里等着我们，从半开半闭的门缝里射出的光线，把
她的身形勾勒得特别清晰。一般情况下，她弟弟在进屋之
前，总要先拿她寻一番开心。我呢，则依靠着栅栏端量着
她，她一走动起来往往裙裾生风，柔软的发辫也随着她摆
动的身姿左右荡动。

　　每天一大早，我都会爬在前厅的地板上窥探着她的房
门。如果我房间里的百叶窗拉好的话，只留下不到一英寸
宽的缝隙，所以，她是看不到我的。每当我一看到她走到
门阶的那个地方，我的心就情不自禁地狂跳起来。这时，

我便会跑到门厅，抓起课本，紧跟着出去。我的目光一直锁定在她穿褐色衣裙的身影上，只有在即将走到她和我分道而行的路口时，我才会加快步伐，从她身子的一侧超过去。

日复一日，每天早晨都上演着这个剧情。除了偶尔打个招呼，我从来不会跟她搭话。可是每当我听到她的名字，就仿佛听到一种召唤似的，我的周身就会热血沸腾。即使在与浪漫最不搭界的种种场合，她的影子也常常伴随在我的左右。

通常一到星期六的晚上，我的婶婶就会去市场购物，我也要跟着去，负责为她拎包。我们在五光十色的大街上穿行，被醉汉还有一些讨价还价的妇人推来搡去，耳朵里塞满了各种喧闹声：工人们在叫骂；照看几桶猪颊肉的店伙计在高声唠叨；街头歌手用他带有严重鼻音的嗓音吟唱——他唱的是称颂奥唐诺万·罗沙的那首《你们都来吧》，有时，他还会选择一首诉说我们祖国苦难的民歌。这些噪音和喧嚣很容易让我对生活萌生出一种单一的感受，那种感觉，就好像自己正捧着圣餐杯，从一群蛮横的人中间安然走过。不过更多时候，她的名字会以种种奇异的方式涌到我的唇边，像是祈祷又像是唱赞美诗，总之，连我自己都不明所以。我的双眼，也总是毫无因由地时常充盈着泪水，每逢这种时刻，我的心潮就会跌宕起伏，那种思绪几乎要将我淹没。

对于未来，我想得总是很少，不知道自己往后还会不会去和她说话，如果说的话，我又该怎样做才能向她表明我的心迹、吐露我对她的爱意？尽管如此，我的身体在她面前仍然像一架竖琴，而她的音容笑貌、一举一动则如同弹奏乐曲的手指，从琴弦上一掠而过。

一天晚上，我走进教士过世的那间后厅。我清楚地记得那是一个幽暗的雨夜，荒废的房屋中寂然无声。透过一扇破损的玻璃窗，我倾听着雨水击打地面的声音，那细雨如针，绵绵不绝，清洗着满是泥泞的花坛。我探出身子俯视下方，远处有一处灯火，又或者是一扇亮着灯光的窗户，在黑暗中闪闪烁烁。我很庆幸我看到的并不是很多。在那一刻，我的所有感官似乎都渴望着隐遁，于是，我有些头脑发晕，一边将双手紧紧地合拢在一起直至十指有些发抖，一边不断地喃喃自语："啊，爱情！啊，爱情！"

终于，她跟我说话了。她一开口我的思维就乱起来，我开始手足无措，不知道该说些什么才好。她问我去不去阿拉比，我竟忘了我当时说的是"去"还是"不去"。那可是一家消费很高的商场呀，她说，她真想去那个商场看看。

"为什么不去呢?"我说。

她一边将腕上的银手镯转过来又转过去,一边说她去不了。她说因为那个礼拜她们女修道院有一次静修活动。她说这些话时,她的弟弟正和另外两个男孩在一旁抢帽子。我独自站在栅栏边,她则用手臂挽住一片木栅栏的尖端,向我微倾着头。对门的灯光照出来,正好勾勒出她颈部光洁的曲线,并照亮了她搭在颈上的头发,那有着静美光泽的头发倾泻下来,辉映出她扶栏的一只素手。光线继续在她身上流泻,一直落在她裙裾的一侧,她就那么安然自若地站着,里边衬裙的白色滚边隐约可见。

"你去好了。"她说。

"我如果去了,"我说,"一定给你捎点东西回来。"

就是从那天晚上开始,我产生了难以计数的愚蠢念头,浪费了数不清的白天和黑夜的时光!我多么希望动身前这段冗长乏味的日子赶快到头啊,无论是在夜晚的卧室还是在白天的课堂,她的身影总是横在我和我的功课之间,我已经没有办法正常上课了。"阿拉比"这个词的音节穿过寂静的灵魂向我袭来,一种东方式的大喜悦笼罩着我。

我向姊姊提出要求，说我想在星期六的晚上出门去逛阿拉比商场。姊姊对此十分惊奇，担心这事跟共济会扯上关系。而在课堂上，我几乎回答不出任何问题，只好眼睁睁看着老师的脸由晴转阴。我当然明白，他是希望我不要就此懒惰下去。我终日神游太虚，没有一丁点儿的耐心去处理生活中的正经事，我觉得那些事情是阻挡在我和我的渴望之间的绊脚石，对我来说，它们就像是儿戏，丑陋而单调的儿戏。

终于等到了星期六上午，我提醒叔叔说，晚上我要去商场。他正在衣帽架旁漫不经心地寻找他的帽刷，懒洋洋地应着：

"好的，孩子，我知道了。"

过道被他占着，所以我没法到前厅去趴在窗边窥视她，这让我很是急躁，总觉得家里气氛很糟糕，无奈之下，我就慢悠悠朝学校踱去。走在大街上，天气阴冷无情，使我的心更加疑虑不安了。

等到我回来吃晚饭时，叔叔还没到家。天色还很早。我先是坐在那儿，眼睛盯着钟表看了有那么一会儿工夫，直到觉得它的"嘀嗒"声令人烦躁，我才离开了那间屋子。我上了楼，楼上的房间冷清阴暗，全都空荡荡的，这种寂静使我得以解脱，我一边唱着歌，一边到处乱走，从一间屋子窜到另一间屋子。透过前窗向下望去，我看见同伴们正在街上玩耍。听着他们模糊不清的喧闹，我把前额倚在冰凉的窗玻璃上，仔细盯着她住的那幢黑房子，就这样在那儿站了大概一小时，但是什么也没看见，除了我的想象，那想象勾勒出的那个穿着褐色衣裙的身影，被灯光温柔地映照，显出颈部的曲线、栅栏上的素手，还有衣裙的角边。

当我再次走下楼时，看见麦瑟夫人正坐在炉火边。这个当铺老板的遗孀，是个相当絮叨的老妇人，出于某种虚情假意的宗教目的，她专门做收集用过的邮票的营生。但是没办法，我不得不忍受着她们在茶桌上的家长里短。晚饭延误了一个多小时，叔叔还是没有回来，麦瑟夫人起身要走，每当这个时候，她总是会说一些表示抱歉的话，说不能久等，已经过八点了，她不想在外面逗留得太晚，夜里的风让她受不了之类的。她走后，我开始攥紧拳头，焦躁地在屋中踱来踱去。

婶婶说："我的上帝，看来你得取消今晚到商场去的打算了。"

九点钟，我听到了叔叔的弹簧锁钥匙在开过道的门，随后，我听见他自言自语，还有衣帽架被他挂上去的大衣压得咣当咣当的声音，我能听懂这些信号。晚饭吃了一半，我就问他要钱，我没有打算放弃逛商场。可他呢，已经全然忘却了这件事。

"这个时候，人家都要休息了，睡觉都睡了好一会儿了。"他说。

我哪有心思去笑，婶婶敦促他：

"你就不能给他些钱让他去？事实上，你已经耽误了他太多时间。"

叔叔连连说着抱歉，他说他忘了这件事，又说他相信这句老话："光学习，不玩耍，杰克变成傻瓜。"他问我想上哪儿去，我又跟他说了第二遍，他又问我知不知道《阿拉伯人与骏马的离别》。我走出厨房时，他正要向婶婶朗诵那故事的开场白呢。

我紧紧攥着一枚两先令的银币，沿着白金汉街大步流星地向车站走去。街上到处有卖东西的小贩，目光所及，那些煤气灯发出耀眼的光，令我想起此行的目的。列车上几乎没有什么人了，我在三等车厢找了个座位。列车耽搁了好一阵子，才缓缓驶出了车站，这真是令人难熬。车子穿过荒废破败的屋区，跨过明灭闪烁的河流。在威斯兰德罗车站停下，人群朝车厢门口拥来，列车员把他们推开，声称这是一趟驶往商场去的专程列车。我独自一人坐在空荡荡的车厢里，几分钟后，列车停在一座临时搭建的木质月台边，我匆忙下了车走到街上，看见路灯下有一座钟，上面清楚地显示着此刻差十分钟十点。在我的正前方位置，耸立着一幢大型建筑物，那就是"阿拉比"商场了。

我几乎找了个遍，也没找到一个只需花六便士就能进去的入口，我又怕商场关门，于是倏地溜进一个转门，交了一先令给一位神情倦怠的看门人。之后我发现自己正站在一个大厅里，四周围了一圈半间房高的长廊。几乎所有的摊位都已经打烊，大半个大厅陷入了黑暗。我不禁有些害怕起来，如同一个人置身于礼拜结束后的教堂。当我小心翼翼地来到商场中心后，发现还有几间摊位正在营业，一些人围在那里。在一块用彩灯装饰着"乐声咖啡馆"几个字的帘前，两个男人正数着一只托盘里的钱。我听着钱币滑落的声音，很清脆。

我绞尽脑汁，才想起来自己是为什么来这儿的，于是快速朝一个摊位走过去，仔细端量着里面陈列着的瓷花瓶和印花茶具。在这间摊档的门口，有个女郎正与两位年轻绅士谈笑风生。我听出他们的英国口音，也隐约听到他们之间的谈话：

"噢，我从来没说过这种事。"

"哎，你确实说过。"

"啊，我的确没说。"

"她那么说过吗？"

"当然，我听见她说的。"

"啊，这简直是——一派胡言。"

那女郎看见了我，走过来询问我是不是要买东西。她说话的语气一点儿也不热情，似乎只是出于责任才这样对我说的。我不安地看了看大厅黑森森的入口处，那儿一边一个立着两个东方哨兵似的大缸。我小声说道：

"不了，谢谢。"

那女郎没再说什么，她把一只花瓶挪了挪位置，重新回到两个年轻人那里。他们又谈起了先前的话题。有那么一两次，我发现那个女郎掉过脸来瞥了我两眼。

我在她的摊位前徘徊了片刻，就像我真的对她的货物很感兴趣似的，虽然我也清楚我这样待下去毫无意义。过了好一会儿，我才慢吞吞走开，沿着商场的中央小道往前走。我把两个便士重新扔进口袋，它落在口袋中另外一枚六便士的钱币上，碰出清脆的声响。这时我听到有人在游廊那端喊了一声，灯就熄了。眨眼工夫，整个大厅就变成了一个黑洞。

我抬头凝视着眼前的黑暗，看见自己就像是被幻想驱使玩弄的一个玩物。因为痛苦和愤怒，我仿佛感觉到自己的双眼在灼灼燃烧。

伤心命案

　　詹姆斯·达菲先生住在查皮利佐德，住在这里，主要出于两个考量，一是他宁可尽可能住得离那座他是其臣民的城市远些；二是他发现都柏林的其他郊区都已经变得吝啬、浮夸和虚伪。

　　那是一幢阴暗的老宅，透过窗户，目光所及，不是一座废弃的酒厂，就是一条流向下游的小河，都柏林城就建在那条河旁。他，就住在这幢老宅里。

　　房间内没有铺地毯，墙壁上也没有贴任何图片，看上去很是空旷。这里的每一件家具都是他亲自购置的：黑色的铁架床、铁盆架、四只藤椅、衣架、煤斗、烤架和火钳，还有一张搁着双人用写字台的大方桌。书架摆放在壁橱里，用白色的木板隔开来，一盏盖着白色灯罩的台灯是壁炉上唯一的装饰，那是白天刚放在那儿的。

白色书架上的书籍按书的高低依次排列整齐，最低一格的一角摆着一部《华兹华斯全集》，在顶格的一侧，竖着摆放着一本用笔记簿硬布壳缝制而成的《梅努斯学院教义问答》。一些用来抄写的用品码放在写字台上，抽屉里搁着一份豪普特曼所著《米切尔·克莱默》的译本的手稿，其中的舞台指导文字是用紫红墨水书写的，还有一小叠纸张，是用铜扣钉起来的。纸张上时常出现那么几句随手写下的话，第一页上贴着"苦豆子"广告的一行用语，尤其让人感到滑稽。写字台的盖子一旦打开，便会有一阵淡淡的芬芳飘出来——这香味的来源，不是一只崭新的杉木铅笔，就是一瓶胶水或者一只被遗忘的已经熟透的苹果。

对于任何有可能导致精神与肉体混乱的东西，达菲先生都十分讨厌。当然，对于这类人，中世纪的医生或许会说他们有些忧郁。他那张饱经沧桑的脸，如同都柏林的马路一样泛着棕黄色。他那扁脑袋很大，几绺干枯的黑发贴在上面，一张木然的嘴在淡黄色的胡髭下显露出来。高出来的颧骨给他的脸更添一种严峻之色，好在他的眼神还算温和，在两道淡黄色的眉毛下面从容地注视着世界，给人的感觉，就像是时时都在期待他人悔过，但又时时陷入失望中一般。

他总是和自己保持着一些距离，用一种旁观者怀疑的目光，观照着自己的一言一行。此外，他还有一种为自己做传的老习惯，依照着自己的这个习惯，他经常暗暗地想些和自己相关的短句，主语用的是第三人称，而谓语则用的是过去时态。对那些乞讨的人，他从来不给予施舍，他拄着结实的榛木拐杖，从他们身边迈着坚定的步子漠然走过。

在布袋街有一家私家银行，他在那里做了多年出纳，每天早上乘电车由查皮利佐德赶来，中午去丹·伯克餐馆吃顿午饭，一般情况下，他都会点一瓶淡啤酒和一小盘竹芋粉饼干。下午四点钟下班后，他会到乔治街的一家小馆子吃饭，他喜欢这个地方，在这里会让他有一种远离纨绔子弟的安全感，当然，这里的价钱也算是很公道的。至于晚上，他可以选择听女房东弹钢琴，或者在城郊四处闲逛一番。偶尔，他也有很浪漫的时候，他会因为爱好莫扎特的音乐，去欣赏一场歌剧或者音乐会，这成了他生活中唯一的乐趣。

他没有伴侣，也没有朋友，既不上教堂，也不做祈祷，可以说，他过的是一种无需与他人交流的精神生活，圣诞节时他也会去串门走亲戚，等到亲戚死了就送他们进公墓。他觉得这是很自然的事情，他是出于对古老礼仪的尊重来尽这两项社会义务的，也是为了借此保持他的公民身份，仅此而已，他并不想做得更多。他也容忍自己有这样的想法。在某种情况下他想象着去抢劫哪家银行，当然，那某种情况从来没有出现过，因此他就一直这样平庸地生活，毫无刺激可言，激情对于他来说，仿佛是不存在的。

一天晚上，他去剧院看演出。在剧院的圆形大厅里，他落座之后发现自己竟坐在两位女士旁边。剧院里观众寥寥可数，冷冷清清的，这种气氛似乎也预示着演出的结局不会太妙。坐在他身边的那位女士有好几次在张望观众稀少的大厅，然后她说：

"剧场今晚冷清成这样，真是太遗憾了！对着这些空荡荡的座位唱歌，真是一件不容易的事情呢。"

女士的这番评论，让他产生了错觉，他将此看作是一种攀谈的邀请，并对她那种似乎漫不经心的态度感到惊讶。他一边说话，一边试图把她记住。在得知她身边的那个年轻姑娘是她的女儿之后，他判断这位女士应该比自己要年轻一两岁。他想象着她年轻时候的模样一定很俊俏，不过就算是现在，仍然能察觉出她十分富于灵气。她那张脸呈椭圆形，轮廓非常分明，一双幽蓝色的眼睛透露着一种坚定。一开始的时候，她的眼神有些凛然，当瞳孔消失在虹膜里之后，似乎又有些困惑，眨眼的工夫，又显出极度的敏感。接着她的瞳孔又迅速出现，半遮半掩的天性重新被她的谨慎所支配，她把那护住丰满胸脯的阿斯特拉坎羔皮上衣微微一挺，摆出一种更为凛然清高的姿态。

过了几个星期，在伊尔斯福特斜街的一个音乐会上，他们再次相逢。他显然很兴奋，趁她女儿环顾左右的空当，他抓住时机与她悄悄交谈了一阵。有那么一两次她提起了她先生，但从她的口气可以判断，那些话里并没有警告的意味。她说可以称呼她"西尼可夫人"，于是他得知，她的先生祖上是从来亨（意大利西部的港口城市）迁居而来的。她先生是一艘商船船长，那艘船主要往来于都柏林和荷兰，两人育有一个孩子。

第三次与她偶然相遇时，他终于鼓起勇气向她提出约会的邀请。她来了，那是之后他们诸多约会的开始。他们总是在黄昏相见，挑选最安静的地段一同散步，不过达菲先生对这种躲躲闪闪的方式很不情愿，他觉得有点被迫偷情的意味，于是他要求她邀请他到她的家中做客。西尼可船长倒是和他很投缘，还欢迎他常来，他以为这个客人是在向他女儿献殷勤。在这样的场合，他显然是忘记了他太太的存在，无论如何他也不会想到还会有谁对她感兴趣。

由于她的丈夫经常外出，女儿还要上音乐课也经常不在家，因此达菲先生有许多机会与那位女士相聚。不管是他还是她，在没遇到对方之前，他们都不曾有过这种冒险的经历，因此也并不觉得这样做有任何不妥。渐渐地，两人的爱好越来越相近，观点也越来越相同，他借书给她看，向他讲解书里的各种看法，与她分享他的知识分子生活。对这些，她全都悉心聆听，一副很陶醉的样子。

他给她讲述各种理论知识，有时候为了能和他有些互动，她也会讲述她的一些生活情况。她用近乎母性的关爱鼓励他充分展露自己，于是，她又成了他忏悔的聆听者。他对她说曾经有这么一段时间，他常常参加爱尔兰社会党的聚会，在一间用油灯照明的昏暗阁楼里，他第一次发现在二十个脸色阴郁的工人当中，他竟显得如此卓尔不群。后来，该党分裂成三个小团体，每个团体都有属于他们自己的领袖和自己的阁楼，从那之后，他便不再参加那类活动。他说工人讨论时大多数都胆怯得很，对薪水的问题也总是拿不定主意，他们是一些有着严肃表情的现实主义者，对精神层面的问题怀有很大的抵触，因为精神的确是闲暇的产物，而闲暇对他们而言，是不可企及的。他还告诉她，都柏林在几个世纪内都不可能被社会革命所席卷。

她听了这些，表示很困惑，问他为什么不把自己的想法写出来呢。

"为什么要写呢？"他用一种讥讽中带着小心的口吻反问，"去跟那些连一分钟的思考能力都没有，却夸夸其谈的人比个高低？让自己摆在那些把道德交给警察、把艺术交给代理人的愚不可及的中产阶级面前，任他们评头论足？"

他经常造访她在都柏林郊外的那栋小房子，两人就那么单独待在一起，消磨掉无数的黄昏。随着两人交往时间的推移，他们的思想相互交融，谈论的话题也越来越接近。她的陪伴对于他，就像是温暖的土壤滋养着移植的花枝。许多次，她任由着暮色将他们笼罩，而并没有去点亮油灯。房间昏暗而宁静，那份与世隔绝的孤独和萦绕耳畔的细碎声音，把他俩紧紧联系在了一起。

他的想象力被这种联系深深刺激了，它磨平了他性格中那些粗粝不堪的部分，给他的精神生活中注入了无限柔情。有时候，他甚至发现自己在倾听自己的声音，他觉得在她的心目中，他会上升为一名天使，对此，他深信不疑。就在他越来越亲近他精神伴侣的热烈天性时，一种陌生而超自然的声音传到了他的耳朵里，他知道那是他自己的声音，那声音要求灵魂固守着他那份无可救药的孤独。

"我们不能献出自己，"那声音说，"我们就是我们自己。"

最后，他们交往的结局就变成了这样，一天夜里，西尼可夫人显出异乎寻常的激动，她热情满满地将他的手一把抓住，最后，把他的手放在了自己的脸蛋上。

达菲先生简直震惊极了。很显然，她误解了他的话，而这个误解让他感到幻灭。大概有一个礼拜的时间，他没有去看她，后来他写信给她，希望再见一面。

对于这最后一次见面，他希望不要因为那些旧情而过于缠绵，所以他把地点选在了靠近公园后门的一家小饼屋。

到了约定的这天，秋风瑟瑟，他们顶着冷风在公园里来回走了将近三个钟头。最终，两人同意不再往来。

"每次见面，"他说，"都是伤心的见面。"

离开公园，两人谁都没有再说话，他们沉默地走向电车，这时候她开始发抖。他看见她抖得那么厉害，害怕她会再次无法抑制自己的情感，于是他慌忙向她告别，匆匆离她而去。几天后他收到一个包裹，里面装着他的书，还有乐谱。

四年过去了，达菲先生重又回到了他平庸的生活中。他的房间依旧跟他的脑袋一样有条理，楼下房间的乐架上放着几页新乐谱，书架里竖着两部尼采的著作：《查拉斯图拉如是说》和《快乐的科学》。他几乎没有在写字台上的那叠纸上写过任何东西，上面的那句话还是在和西尼可夫人最后告别的两个月后写下的，那句话这样说：男人与男人是不可能相爱的，因为不可能做爱；男人与女人则不可能有友谊，因为总难免要做爱。

从那之后，他远离音乐会，以免遇上她。他父亲去世了，银行的年轻伙伴如今也已退休，而他依旧每天早晨坐电车去城区，每天晚上在乔治街吃顿便饭，然后再从城里往家里走，他把阅读晚报当做饭后的甜点心，这成了他的习惯。

一天晚上，他正准备把一勺咸牛肉和卷心菜往嘴里塞，忽然，他的手停住了，眼光盯着他用玻璃水瓶顶着的晚报，上面的一则报道引起了他的注意。他把那勺食物放回盘子，仔细地读了一遍那则报道，然后喝了一杯水，把盘子推到一边，他将报纸对折后摊在自己的两肘之间，把那则报道读了一遍又一遍。时间慢慢流逝着，卷心菜开始在盘子里结出一层冰凉的白色油脂。一位姑娘过来问他，是不是饭菜做得不好。他说很好很好，硬着头皮又吃了几勺，随后付了钱离开。

十一月的暮色，透着清冷，他快步走着，那根结实的榛木手杖有节奏地敲着地面，淡黄色的《晚邮报》边缘从他紧身的双排扣外套的一只侧袋里露出一角，在经过公园大门到查皮利佐德那段冷清的路段时，他的脚步放慢了，手杖对地面的敲击也没那么急促了，他那极不均匀的呼吸，几乎变成了一阵阵的叹息，凝结在冬日冰冷的空气里。

一回到家，他就直奔卧室，慌慌张张地从口袋里掏出那张报纸，借着窗户中透进来的微弱的光亮，他又念了一遍。他念得声音很低，就像是神父做祷告时那样翕动着嘴唇。报道是这样写的：

女士命丧悉尼广场车站

——一桩伤心命案

今天在都柏林市立医院，代理验尸官（弗莱雷特先生外出期间代理）对爱米莉·西尼可夫人的遗体进行了尸检，西尼可夫人年约四十三岁，昨晚死于悉尼广场车站。有证据表明，这位死去的女士当时试图穿越铁轨，被一列十点整从王城开来的慢车车头撞倒，最终女士因头部和身体右侧受伤严重而死亡。

火车司机詹姆斯·列农声称，他已在铁道公司工作了十五年，听到保安哨音时，他已启动列车，几秒后听见叫喊，他又停了下来，他强调说火车当时开得相当慢。

铁路搬运工皮·邓恩声称，火车即将启动时，他看见一个女人试图穿越铁轨，他一边大喊着制止一边朝她跑过去，可是他还没来得及接近她，她就被车头的挡板挂住了，然后摔倒在地。

陪审员——你看见那位女士摔倒吗？

证人——是的。

警官克罗利作证说，他到达时发现死者躺在月台上，显然已经死亡。他下令将死者的遗体移进候车室，等待救护车赶来。

五十七号警察证实警官所言属实。

都柏林市立医院外科住院部的助理医生霍尔平声称，死者的两根下肋骨折断，右胳膊伤势严重，头部右侧摔倒时受伤。这样的伤势并不足以造成一个正常人死亡，据他的意见，死亡的原因很可能是休克和突发性心力衰竭。

赫·布·派森特·芬雷先生代表铁道公司，对这件事表达了深刻的歉意。他说铁道公司一向都有采取各种措施，以防止行人从天桥以外的地方穿越铁轨，此外，在每座车站都贴有告示，而且还在平面道口设有标志明显的弹簧门。相关证明显示，死者生前就习惯于在深夜穿越铁轨，由一个月台走到另一个月台。鉴于此案还牵涉到某些其他情况，因此他认为铁路官员对此并不负有责任。

作为死者的丈夫，家住在悉尼广场附近的利奥韦尔的西尼可船长，也出庭作证。他声称死者是他的太太，出事时他不在都柏林，只是在事故发生后的次日清晨他才从鹿特丹赶回来。他们结婚已经二十二年，如果两年前太太没有染上酗酒的恶习，他们的生活会一直很美满。

玛丽·西尼可小姐也说，她母亲近两年习惯于晚上出去买酒喝，她作证道，之前她经常对母亲晓以道理，还劝她加入了一个戒酒团体。她说她是在出事后一小时才回到家中。

最后，陪审团根据医学证据作出裁决，认定列农无罪。

代理验尸官说，这是一宗十分令人伤心的案例，并就此案件对西尼可船长和他的女儿表示深切的同情。他要求铁道公司将采取有力措施，以消除今后再发生类似事件的任何可能性。不过，没人对此事负有责任。

达菲先生的眼睛从报纸上离开，他抬眼望着窗外毫无生气的黄昏景色。寂静无声的河流在空旷的酒厂旁缓缓流淌，昏黄的灯光不时在奥肯街的房屋间闪烁，这是什么结局啊！有关死亡过程的通篇报道令他感到作呕，更让他作呕的是，他居然跟她说过话，还有过那么一段交往，而且对此，他还一度引以为圣洁。报道中陈腐的句子，虚假的同情，小心翼翼的新闻措辞，这一切，全都试图淡化这则平常的死讯，所有这一切都让他感到恶心。

他有些怒意，觉得她不但贬低了自己，也贬低了他。他看见了她的恶行，卑微而丑恶，而可笑的是她居然是他灵魂的伴侣！他想起了那些蹒跚而行的可怜虫，他曾经见过那些人拿着瓶瓶罐罐等候他人的施舍。哦，上帝。这是一个什么结局啊！种种证词都显示，她根本不适合于生存，她没有判断力，还沉迷于恶习，她完全是那种被文明所唾弃的不良之徒。达菲先生显然没想到她会如此堕落！莫非在与她交往时，他一直都在自欺欺人！他记起了那天夜晚她那种不能自抑的情形，并用前所未有的挑剔尺度对此进行衡量。对于自己的所作所为，现在，他似乎可以毫无困难地表示欣赏。

随着光色的逐渐黯淡，他的思绪也开始飞扬开来，他突然想到了她曾经碰过他的手。之前那种让他作呕的震撼，如今又击中了他的神经。他立即穿上外衣，戴上帽子，匆匆走出家门。他的脚刚一跨出门槛，冷风就扑面而来，钻进了他的袖口。他走出家门，走到查皮利佐德大桥旁的一间酒吧时，他立马钻了进去，并要了一杯热乎乎的潘趣酒。

酒吧老板很恭敬地给他把酒端上来，但并没有说话的意思。酒吧里面坐着五六个工人，正在讨论基尔戴尔郡一位阔人的财产总共的价值有多少，他们大盅大盅地喝酒，还抽烟，他们把痰吐在地板上，并不时用沉重的靴子拨拉着地上的木屑，用以掩盖痰的痕迹。达菲先生坐在自己的位置上，望着那些人的方向，但是他既没有看见他们，也没有听见他们说些什么。过了·会儿，他们出去了，他又要了一杯潘趣酒，他端着酒就那么坐着，坐了很长时间，酒吧里异常安静，老板懒洋洋地靠着吧台翻阅《先驱报》，不时打一个呵欠。门外偶尔可以听见一辆电车从寂静的马路上呼啸而过的声音。

他坐着，开始回想他与她度过的那段时光，她的两个幻影在他的眼前交替出现，这时他才意识到她已经死了，她已经从这个世界上消失，不再存在，她已经成为一段记忆。他开始感到有些局促不安。然后他问自己：如今你又能做些什么呢？是啊，他不可能去上演一出蒙骗她的喜剧，也不可能与她公开同居，所以，他的所作所为，对于她而言，已经是最好的选择。既然如此，他又什么可自责的呢？如今她走了，他可以想象得到她的生活有多么孤单，夜复一夜独守着空房，过着寂寞的日子。可他的生活也很孤单，没有朋友，没有可以交往倾诉的人，除非死掉，不再存在，变成一段记忆——当然，前提是如果有人记得他。

九点多，他才离开酒吧，暗夜寒气逼人而凄凉。他从头道门走进公园，走在干枯的树枝下，走在荒芜的小径上，这是四年前他们一同走过的地方。在夜色下他似乎感应到了她就在他的身边，有那么一瞬间，他好像感到她的声音从他的耳边轻轻掠过，她的手触到了他自己的手。他站下来侧耳聆听。他为何要索走她的生命？为何要判处她的死刑？想到这些，他感到自己的良心被撕成了碎片。

他来到了军械山的山顶，停住了脚步，他望着流向都柏林的那条河，望着在寒夜中闪耀着的温暖的灯光。他又顺着斜坡往下望，看见下面公园围墙的阴影里，躺着一些人的身影。突然，他的心充满了绝望，为那些用金钱换来的偷情。他厌恶自己所谓的正人君子的生活，他感到自己已经被人生的盛宴拒之门外。有那么一个人曾经爱过他，而他却拒绝给予她生命和幸福。是他，将她推向了耻辱，使她因为耻辱而选择了死亡。而他知道躺在墙角的那些东西正注视着他，它们眼巴巴地期望着他跳下去。

是的，这个世界没有谁需要他，他已被人生的盛宴拒之门外，他将目光转向那条波光闪烁的暗河，河水正向着都柏林城蜿蜒流淌。他看见河的对岸有一列货车，正慢慢驶出国王桥车站，就像一条脑袋发红的虫子，固执而艰难地在暗夜中穿行。渐渐地，它滑出了他的视线，但仍能听见车头沉重的轰隆声，就好像在不停地呼喊着她的名字。

他顺着原路返回，耳朵里充满了车头有节奏的回响。他突然有些惶惑，开始怀疑记忆告诉他的现实。走到一棵树下，他停下来，企图让那呼喊她名字的回声散去。暗夜中，他已经感觉不出她在身边，耳际也不再有她的声音掠过。他等待了几分钟，仔细倾听着，然而什么也听不见——漆黑黑的夜，十分宁静。他又听了听——还是十分宁静。这一刻，他突然感到自己原来这样孤单。

泥土

　　女主管答应玛利亚，只待夫人们用过茶点，她就可以出门，因此玛利亚一心盼望着晚上快些到来，这样她就可以出去。厨房里打扫得干净整洁，厨师甚至跟她开玩笑说你可以把那口大锅当镜子用了。

　　此时，炉火烧得正旺，一张靠墙的桌子上放着四块很大的醋栗面包，远远看过去面包好像没有分切开，不过若走进些看，就会发现其实已经切成了平整厚实的长条，只等用茶点时拿起来分送就是了。这可是玛利亚亲手切的。

整体来讲，玛利亚确实是个非常非常小巧的女人，不过她的鼻子和下巴并不怎么小巧。她说话带点鼻音，总是柔声柔气地说："亲爱的"，或者"不对，亲爱的"。一旦女佣们为一些琐碎的事情产生纷争，她就会被请去调解，而她也确实有能力让事态平息。一天女主管对她说：玛利亚，你真是个和平使者。

这句夸赞的话，副主管和另外两个管膳宿的女人都听到了。金格·穆尼老师絮叨说，要不是看在玛利亚的面子上，她早就把那个熨衣服的哑巴给收拾了。

总之，人人都是那么喜欢玛利亚。

夫人们会在六点钟用茶点，她在七点前就可以离开。由鲍尔斯桥到圆塔需要二十分钟，由圆塔到德鲁康德拉也要二十分钟，再用二十分钟的时间买东西，这样她在八点钟之前就可以赶到那里。她拿出镶着银扣的荷包，又念了一遍上面的那行字：来自贝尔法斯特的礼物。她非常喜欢这只荷包，这是五年前圣神降临节，乔和阿尔菲一起前往贝尔法斯特旅行时，乔专门为她买的。荷包里有两枚银币和几枚铜毫，付过电车钱后就只能剩下五先令。玛利亚想象着，这会是多么快乐的夜晚啊，孩子们会齐声歌唱！她只希望乔可别喝醉了，要知道他随便喝那么一点酒，就会变成另外一种样子。

　　之前，乔不止一次地邀请她去和他的家人一块住，可是她觉得那会妨碍到人家，况且她也已经习惯了洗衣店的生活。她曾是乔的保姆，当然知道乔是个好人，她也照看过阿尔菲。小时候，乔常常这样说：母亲只是母亲，但玛利亚才是我亲爱的母亲。

　　后来，她的那个家散了，这两个男孩就为她在一家名叫"灯光下的都柏林"的洗衣店找了份差事，对于这个工作，她非常喜欢。

　　刚到洗衣店时，一度，她对新教徒的印象并不好，现在却越发觉得他们都是大好人。虽然平时他们显得古板又严肃，但相处起来就能发现他们的好。后来她在洗衣店的温室里种了些漂亮的花草，每日悉心照看，这样的日子却也快活。只要有人去探望她，她就会在温室里摘一两朵花送给来者。不过有一种东西她挺不喜欢，就是交错在地面上的那些管子和线，此外一切都还不错，尤其女主管是个很好相处的人，而且显得特别有教养。

　　这时，厨师过来告诉她全都准备好了，于是她就走进女工们的房间，拉响了那口大钟。没过几分钟，女工们就三三两两地进来了，她们用围裙擦着冒着热气的双手，扯下袖子遮住烫得通红的胳膊。她们就在自己的茶缸前坐下，茶缸里已经由厨师和哑巴斟满了热茶，大罐子里还调进了牛奶和糖。玛利亚主管分发醋栗面包，每个女工都拿到了四片。用茶期间整个饭厅都充满了欢声笑语。

一个叫弗莱明的女工说玛利亚肯定可以戴上戒指了。尽管弗莱明几乎每逢万圣节夜晚都这样说，玛利亚还是如往常一样笑笑，说她可不想要什么戒指，也不想要男人。她笑起来时，浅绿色的眼睛里露出了一丝失望而羞怯的亮光，鼻尖几乎顶到了下巴尖上。在其余女工把桌子上的茶缸弄得叮当直响时，金格·穆尼举起茶缸提议为玛利亚的健康干杯，并说她感到抱歉的是此时喝的不是黑啤。玛利亚又笑得鼻尖差点顶到下巴尖上，瘦小的身子都快散了架了，她知道尽管穆尼说的话有些不拘小节，但她完全是出于一片好意。

等到女工们都用完了茶点，厨子和哑巴开始收拾茶具。这时玛利亚开心极了！她走进她的小卧室，想到明天早上要做弥撒，便把闹钟的指针由七点调到六点。随后她取下围裙和长靴，把她最好的裙子摊在床上，又把小巧的礼靴搁在床脚。她脱掉外衣站在镜子前，回想自己还是个少女时，每个礼拜天做弥撒，会穿上什么衣服。她无限怜爱地注视着自己那曾经引以为傲的小巧的身体，尽管时光流逝，她发现它还是那么纤巧而光洁！

当玛利亚收拾停当走出门时，街上已被雨水淋了一片晶莹，她庆幸自己穿上了那件雨衣。电车里已经挤满了人，她只好在车尾部的小凳子上坐下，面向所有的乘客，两只脚悬着。她想了一遍要做的那些事情，心想一个人若是有钱独自在外，真是再好不过了！她盼望着接下来他们能有一个愉快的夜晚，她坚信这样的夜晚肯定会有，可同时，她又不能不想到乔和阿尔菲如今互不理睬形同陌路的糟糕关系，这多少是件遗憾的事情。要知道他们小时候可是最好的朋友。不过生活就是这么回事，谁又能料想得到呢。

她在圆塔下了车，在人群中走进了西站。她来到恩斯饼屋，饼屋里面人头攒动，她等了好长时间才轮到她。她买了一打便宜的什锦蛋糕，拎着个大包的她费了好大力气才走出了饼屋，心想还买些什么好呢？她想再买些真正上好的东西，像苹果啦，核桃啦，但一想他们肯定已经准备好了。她是真的不知道该买些什么东西，想来想去觉得还是买蛋糕好。于是，她决定再买些葡萄干蛋糕，可是恩斯蛋糕房里东西不够多，她在那里花了很长的时间挑选，柜台后面那位穿着时髦的年轻女子显然对她有些恼火，便问她莫非是想买婚宴蛋糕。玛利亚被问得脸红起来了，只得冲着那年轻女子笑了笑，可那姑娘竟当真了，切下一块厚厚的蛋糕对她说：两先令四便士。

买完东西后，她赶去乘车。她本以为会在德鲁康德拉街的电车里一直站下去，因为电车上的年轻人全都不搭理她，没想到一位上了年纪的绅士给她让了座。这位绅士身材矮胖，戴一顶褐色的帽子，一张方脸很是红润，留着两道八字小胡子。玛利亚觉得他看上去那么有教养，跟前面的小伙子相比显得礼貌周全多了。

老绅士开始跟玛利亚聊起万圣节的夜和多雨的天气，看到她的包里塞得满满当当的，以为里面肯定是装满了给孩子们的好东西，便说小孩子在这个时候就应该及时快活才好。玛利亚对此也表示赞同，不时点头发出嗯哼的声音。老绅士对她非常友善，在运河桥站下车时，她向他鞠了一躬以示感谢。而老绅士也给她回了鞠躬礼，并脱下帽子向她告别。

下了车之后，她顺着坡地一路向前走，在雨中低着脑袋，心想这样一位绅士多么亲切呀，即使爱喝点酒也是没大关系的。

她刚走进乔的家，家里的人就开始喊：玛利亚来啦！

乔正好在家，孩子们都已经穿好了礼拜日的盛装，还有邻家的两个女孩也来了。玛利亚把蛋糕给最大的男孩阿尔菲，让他去分发。唐纳利太太直说带这么大一袋蛋糕来实在太客气了，连忙吩咐孩子们说："谢谢玛利亚。"

玛利亚还说给他们带来了特殊的礼物，他们一定会喜欢的，说着她开始找葡萄干蛋糕。可她找遍了恩斯饼屋的口袋和雨衣口袋，最后也没找着。随后她问所有的孩子，是不是有谁吃了，可是孩子们都说没有，那神情分明表示如果非要说他们偷吃，那他们就不吃糕点了。唐纳利太太安慰说玛利亚说，或许是忘在电车上了。而玛利亚心里想到的却是那个八字胡的绅士把她弄得恍惚的情景，她不禁开始后悔，一想到没让大家小小地吃一惊，还白白扔掉了两先令四便士，她差点就大哭起来。

不过乔说不要紧，他拉着她坐到火炉边，对她还如往日一样的好。他跟她讲述办公室里面的事情，不断重复他跟经理说的话，还演示了一遍他用来对付经理的一个妙招。玛利亚没弄明白，不过一个招数而已，乔为什么会笑得这样夸张。不过她没有问原因，只是说经理一定是个很不好打交道的专横人物。乔说只要摸准了他的脾气，顺着他的性子去做事，就不会有问题。他还说其实那人倒不是很坏，还有点儿经理的样子。

孩子们开始唱歌、跳舞，唐纳利太太用钢琴伴奏。两个邻家女孩递过来几个核桃，可谁都找不着轧钳，为此，乔差点发脾气，说没有轧钳玛利亚怎么吃核桃呢。玛利亚见状立刻说她不爱吃核桃，不用麻烦了。乔于是问玛利亚要不要喝点黑啤酒，唐纳利太太也亲切地问葡萄汁酒怎么样，家里也有。玛利亚说她什么都不需要，可乔却执意取了酒来。

玛利亚没有继续推辞。大伙儿开始坐在火炉边回忆往事，玛利亚心想得为阿尔菲说几句好话才对，可是一句话还没说完乔便打断说他要是再跟弟弟说一句话他就去死。唐纳利太太对她丈夫说不该用这种口气说自己的弟弟，后来乔说他不想在这样的夜晚发脾气，便叫妻子多开几瓶酒。两个邻家女孩已经准备好了万圣夜的游戏，一会儿工夫，刚才沉闷的气氛就被大家的欢乐赶跑了。看见孩子们那么开心，乔和妻子那么恩爱，玛利亚感到十分欣慰。

接着，孩子们开始做游戏。邻家女孩在桌子上摆了几个盘子，然后把被蒙上眼睛的小孩牵到桌边。每个盘子里都有不一样的物品。他们一个摸到了一本祈祷书，有三个人摸到了水，其中的一个邻家女孩摸到了戒指，竟羞得满面通红。之后，他们硬是把玛利亚也拖进了这个游戏，他们牵她到桌边，看看她会摸到什么东西。

在欢声笑语中，她依照吩咐伸出一只手，在空中挥来舞去四处摸索，然后落在一只盘子上。她的指头感觉到一种湿漉漉、软乎乎的东西，不过让她感到奇怪的是，既没人讲话，也没人给她解下蒙眼布。几秒钟后，她模糊地听到一阵拥挤和窃窃私语的声音。最后是唐纳利太太非常发火的声音：把那东西马上扔出去，这哪里是游戏。

后来，玛利亚又重新摸了一次：这一次她摸到了祈祷书。

接下来，唐纳利太太为孩子们弹奏了《麦克劳小姐的里尔舞》，玛利亚喝了杯葡萄酒。唐纳利太太说玛利亚会在年底之前进修道院，因为她摸到了祈祷书。玛利亚觉得那晚的乔对她格外好，令她十分感动，她说这里人人都对她很好。

他们玩了很久，孩子开始有了睡意，乔问玛利亚回去前可否唱一支短歌，唐纳利太太也一直试图去劝说玛利亚唱首歌，所以她说："唱吧，求你啦，玛利亚！"玛利亚知道推却不了，只好起身站在钢琴旁。唐纳利太太招呼孩子们安静下来，听玛利亚唱歌，而她自己则弹起了序曲，她说："来吧，玛利亚！"

玛利亚平复了一下自己激动的心情，开始用一种细幽幽的颤音唱起来。她唱的是《梦中居所》：

> 我梦见居住在大理石宫殿，
> 身旁有大臣也有仆役，
> 宫墙里聚集着万千英豪，
> 我是希望，我是荣誉。
> 我有无尽的宝藏，可以夸耀，
> 我有望族血统豪门身世，
> 而最高兴的是，我还梦到
> 你爱着我依旧如同往昔。

该唱第二段的时候，玛利亚又唱出了第一段歌词。不过没人想指出她唱错了什么地方，等到她唱完这首歌，乔已经被深深地打动了。他说什么曲子都不如可怜的老巴尔夫。他说完这句话的时候，眼里含着泪水，以致看不到想找的东西，最后只得问太太拔塞钻放在哪儿了。